Obsession

Du même auteur dans la même collection :

La Blonde au coin de la rue (n° 9)
Beauté bleue (n° 37)
Rue barbare (n° 66)
Retour à la vie (n° 67)

David Goodis

Obsession

Traduit de l'américain
par Gérard de Chergé

Collection dirigée par
François Guérif

rivages/noir

Ce livre est déjà paru aux
Editions Clancier-Guénaud en 1982

ISBN : 2-86930-265-7
ISSN : 0764-7786

Titre original : *Of Tender Sin*

106, bd Saint-Germain - 75006 Paris

CHAPITRE I

Tout commença par un rêve brusquement interrompu. La nuit d'hiver devint réalité et Alvin Darby, bien réveillé, vit l'obscurité de la chambre, la blancheur de janvier au-delà de la fenêtre, la blancheur cotonneuse de la couverture qui recouvrait sa femme dans le lit jumeau. Il enregistra tout cela pour s'assurer qu'il était vraiment réveillé. Puis, pour plus de sûreté, il leva les doigts et les pressa contre ses pommettes. Il avait l'impression qu'un intrus s'était glissé dans la maison.

La maison était un bungalow situé dans les faubourgs de Frankford, là où Philadelphie cède la place à Roosevelt Boulevard. C'était un quartier de pavillons neufs, bon marché mais solidement construits. Les bungalows, indépendants les uns des autres, avaient chacun une plate-bande raisonnablement large, un petit garage, une véranda et un aspect tout à fait séduisant. C'étaient de jolis petits pavillons, et c'était un agréable petit quartier. Mais c'était aussi un quartier petit-bourgeois — ce qui, dans l'esprit d'Alvin Darby, ne constituait pas la cible habituelle des cambrioleurs.

Le mot « cambrioleur » résonna plusieurs fois dans son cerveau. Il esquissa un sourire ironique. C'était une situation typique de ces bandes dessinées qu'il lisait dans son journal dominical : l'épouse, croyant avoir entendu du bruit dans la maison, envoyait en reconnaissance son mari à moitié endormi ; généralement, l'histoire se soldait par un gag. Mais en l'occurrence, ce n'était pas l'épouse qui s'était réveillée. Il se tourna vers l'autre lit : Vivian dormait à poings fermés. Ses épais cheveux bruns, répandus sur l'oreiller, étaient flous, veloutés et tendres, d'une douceur féminine. Il contempla la chevelure brune de Vivian, s'évertuant à jouir de ce spectacle, à être reconnaissant pour Vivian et à cesser de s'inquiéter pour des cambrioleurs.

Mais il se dressa sur son séant, les membres raidis. Il regardait toujours la brune chevelure de Vivian mais ses yeux étaient maintenant fixes, comme des pierres. Il avait l'impression soudaine d'avoir derrière la tête une autre paire d'yeux, qui regardaient autre chose. C'était comme s'il voyait, à travers le mur de la chambre, au-delà du living-room, à l'extrémité du hall, une fenêtre par laquelle était entrée une ombre.

C'était une forme sombre, beaucoup plus sombre que l'espace non éclairé dans lequel elle se mouvait lentement, avec une sorte de calme furtif. Il la voyait avancer très lentement, il sentait la pression silencieuse de ses pas sur les tapis moelleux. Il se dit que l'ombre se dirigeait vers la chambre. L'hypothèse d'un cambrioleur avait maintenant fait place à une autre hypothèse, moins concrète et certainement moins réaliste. De nouveau, il tenta d'esquisser un sourire ironique.

Comme s'il conduisait un véhicule, Darby manœuvra un volant imaginaire et orienta ses pensées vers une direction plus nette. A l'évidence, tout ceci n'avait rien de réel ; c'était parfaitement ridicule. C'était le genre d'illusion dont pouvait être victime, à la rigueur, un homme qui buvait trop ou qui se faisait trop de soucis. Or, il n'entrait dans aucune de ces deux catégories. A part une bière de temps en temps, il n'était pas porté sur l'alcool. Quant aux soucis, il était dans la position monotone mais néanmoins agréable de n'en pas avoir du tout.

A vingt-neuf ans, il avait un corps sain et un cerveau qui se prêtait scrupuleusement aux exigences de son travail quotidien. Il travaillait au service actuariat d'une grande compagnie d'assurances et gagnait un salaire net de quatre-vingt-cinq dollars par semaine. Il possédait une Plymouth neuve et il avait payé la dernière traite de la maison le mois précédent. Il n'avait pas la moindre dette envers quiconque. Son compte bancaire s'élevait à environ onze cents dollars, de sorte que, avec les quatre-vingt-cinq dollars qui rentraient chaque semaine et son job qui mettait l'accent sur la sécurité de l'emploi, le tableau financier était parfaitement satisfaisant.

Darby écarta le tableau financier et tenta de se concentrer sur quelque chose de plus personnel. Il continuait de manœuvrer le volant invisible mais, d'un seul coup, celui-ci disparut pour se transformer en un liquide, qui disparut à son tour. Une sensation de néant se mit à monter, à gravir très lentement une échelle de sons musicaux qu'il entendait distinctement, tout en sachant qu'il n'y avait aucun son. La musique silencieuse s'éleva, s'éleva, atteignit les plus hautes octaves et se transforma en un cri muet lorsqu'il sentit l'approche de la silhouette sombre, qui traversait la maison et venait vers lui. A présent, il savait que c'était sérieux. Il avait conscience d'une menace, plus précise d'instant en instant. Si cette impression se concrétisait, si elle persistait encore un peu, elle deviendrait une terreur sans nom.

Pour l'amour du ciel, se dit-il, ne reste pas là à gamberger. Lève-toi et va voir ce qu'il en est.

Il voulut sortir du lit mais il s'aperçut avec angoisse qu'il était incapable de bouger. Alors il eut honte de lui-même et, dans son orgueil de mâle, il riposta à la peur par la colère. Cette peur était absurde, en vérité ; or voilà qu'il la cultivait, qu'il la laissait prendre possession de lui, paralyser son être physique. Il avait intérêt à réagir. Et vite.

Mais il ne pouvait pas bouger. Peu à peu, il éprouva une étrange fascination à admettre ce fait brut : il était immobilisé, incapable de remuer. A l'intérieur de son cerveau, des doigts se tendirent vers l'invisible volant, manquèrent leur prise, firent une nouvelle tentative, échouèrent encore ; redoublant d'efforts, ils attrapèrent le volant et s'y cramponnèrent. Alors, très lentement, Darby éloigna ses pensées de la peur. Cela n'a pas de sens, se dit-il. Il n'y a aucune raison d'avoir peur.

Il regardait Vivian, toujours profondément endormie. Il voyait maintenant son visage, car elle s'était mise sur le côté. Elle avait un visage adorable, éclairé en cet instant par les rayons de la lune hivernale qui se reflétaient dans un miroir avant de revenir se poser délicatement sur son lit. Les contours de son corps mince, sous la couverture, révélaient une certaine innocence, une extrême distinction, beaucoup plus importante que l'élégance de sa silhouette. Elle semblait exhaler la tendresse, la bonté foncière ; et Darby, essayant d'évaluer ce qu'elle représentait pour lui, se dit que c'était impossible à mesurer.

« Un trésor », dit-il dans un murmure. « Un véritable trésor. » Il éprouva le doux tressaillement d'une affection sans bornes. Elle dormait à poings fermés, comme une enfant. Bientôt vingt-quatre ans, et pourtant elle en paraissait dix-neuf. Dix-neuf ans : l'âge qu'elle avait quand ils s'étaient mariés. D'ailleurs, elle aurait toujours dix-neuf ans. Et elle serait toujours un trésor. Il se pencha vers le lit pour l'embrasser du regard.

Il vit alors qu'elle dormait d'un sommeil agité. Il vit les rides soucieuses de son front. Et autre chose aussi, qui le poussa à détourner la tête, se demandant s'il ne rêvait pas.

Sa couleur de cheveux... Il était certain que les cheveux de Vivian avaient subitement changé de couleur, passant du brun foncé à un blond argenté.

Impossible, naturellement. Il cligna des yeux à plusieurs reprises, puis regarda de nouveau. Cette fois, il vit la brune chevelure veloutée.

Le clair de lune avait dû lui jouer un tour. Simple illusion d'optique. Néanmoins, tout en acceptant cette explication, il se prit à souhaiter avec ferveur que les cheveux de Vivian eussent réellement cette teinte blond pâle.

C'était là une idée absurde. Il se concentra pour tenter de comprendre ce qui lui arrivait.

Alors, dans la confusion qui s'emparait progressivement de son cerveau, une force incroyable entra en action et entraîna ses pensées loin de Vivian, loin de cette maison, loin du temps présent.

Il vit une maison différente, à une époque différente. Il la vit distinctement, en détail, la petite maison de ce vieux quartier, au coin de Fourth Street et de Green Street. Il avait douze ans, cette année-là ; ses parents étaient en visite chez des voisins, au bas de la rue, et il était seul à la maison avec Marjorie. Assis dans le salon, ils écoutaient la radio. Mais il ne prêtait guère attention au programme. Il regardait Marjorie. Elle était si agréable à regarder. Il y avait un tas de jolies filles de quinze ans dans le quartier, mais sa sœur Marjorie était la plus jolie de toutes. Et la plus douce, et la plus gentille. Elle parlait toujours avec tant de douceur, tant de bonté. Toute pièce dans laquelle elle se trouvait devenait un jardin. Quand elle tournait au coin de Green Street et descendait la rue, on avait l'impression de voir une princesse. Et là, dans le salon, avec Guy Lombardo à la radio, la princesse recevait dans son jardin tandis que les musiciens du roi jouaient une merveilleuse musique. Elle levait la main et la passait négligemment dans ses cheveux blond argenté.

Darby ferma hermétiquement les paupières. Il saisit son poignet et le serra fort, comme pour stopper le flot de sang jaillissant d'une coupure.

— Bon Dieu, hoqueta-t-il, qu'est-ce que ça signifie ? Que viennent faire ces cheveux blond argenté ?

Voyons, les cheveux de Marjorie n'avaient jamais été de cette couleur. Absolument pas. Les cheveux de sa sœur avaient toujours été d'un brun foncé, très foncé.

« Vraiment ? » se demanda-t-il intérieurement. « En es-tu bien sûr ? »

Non, il n'en était pas sûr. Il resta assis dans son lit, immobile mais tourmenté, conscient de livrer une lutte terrifiante. Acharné à se rappeler la couleur des cheveux de Marjorie. Incapable de s'en souvenir.

Puis il s'entendit murmurer :

— Nom de nom !

Parce que la couleur n'arrêtait pas de changer. Les cheveux de Marjorie étaient tantôt brun foncé, tantôt blond argenté. Bruns à un certain moment. Blond argenté l'instant d'après.

« Et puis zut ! » pensa-t-il. « Quelle différence cela

fait-il ? Qu'est-ce que ça peut me faire, la couleur de ses cheveux ? »

Mais il savait qu'il se leurrait. Que c'était important. Pour une raison étrange, complètement inconnue.

A ce stade, il parvint à rire de lui-même. Il se dit qu'il faisait une montagne d'une taupinière. Tout cela était probablement dû à une carie ou à des aigreurs d'estomac. Peut-être n'aurait-il pas dû manger cette mandarine juste avant de se coucher.

Mais non. Ses dents étaient en parfait état. Et il digérait très bien les mandarines, même en dehors des repas.

Alors, peut-être était-ce le résultat d'une contrariété qu'il avait subie dans la journée ?

Mais après avoir passé en revue les événements de la journée, il put constater que rien n'avait été de travers. Et si c'était tout simplement le temps ? A Philadelphie, l'hiver était toujours abominable. Il s'efforça de concentrer ses pensées sur le temps. Ou sur toute autre chose extérieure à lui-même. Par exemple, sur les voitures de pompiers qu'il avait vues passer en trombe dans Sixth Street pendant qu'il déjeunait. Ou sur le bossu qui vendait des journaux dans le métro aérien et qui foudroyait du regard ses clients, comme s'il s'agissait d'ennemis. Ou sur le géant de deux mètres, pris en sandwich entre deux panneaux annonçant que la maison de confection *Max* habillait toutes les tailles. Ou sur cet ivrogne impeccablement vêtu, poliment expulsé d'un bistrot du centre ville. Ou sur cette blonde platinée qui, faute de regarder devant elle, entrait en collision avec un expéditionnaire qui lâchait ses paquets en levant les yeux au ciel d'un air las.

Ç'avait été une journée comme les autres. Il avait

fait tranquillement son travail à la compagnie d'assurances et il était rentré chez lui pour savourer un excellent dîner en compagnie d'une excellente épouse. Il avait suivi à la télévision un match de boxe retransmis de New York, puis, peu après onze heures, il avait rejoint Vivian dans la chambre. Elle s'était apparemment endormie aussitôt ; lui, il était resté un moment assis dans son lit à feuilleter un magazine de photo. Et voilà. Telle avait été sa journée.

Bon, alors il s'était peut-être passé quelque chose la veille. Ou l'avant-veille. La semaine précédente, peut-être, ou le mois précédent. Il passa la marche arrière et commença à reculer, mais il ne trouva rien. C'était comme de refaire une promenade sur un lac à la surface parfaitement lisse. Il n'y avait guère eu de changements au fil des semaines, des mois et des années. Les seuls événements perturbants étaient ceux dont il lisait le compte rendu dans les journaux. Depuis son mariage avec Vivian, quatre ans auparavant, il menait une vie calme et ordinaire — à part qu'il ne s'ennuyait jamais avec Vivian. Il n'était jamais nerveux ni contrarié, comme les autres maris qu'il connaissait. Vivian possédait juste ce qu'il fallait de vivacité et de sérénité, elle savait quand poser des questions et quelles questions poser. Qualité plus importante encore, qui faisait d'elle une épouse en or : elle savait lui fiche la paix quand il le fallait.

Il commençait à se sentir mieux. Beaucoup mieux. Le malaise s'était dissipé ; c'était juste une de ces crises inexplicables comme il en arrivait à n'importe qui. A présent, le mieux était d'oublier cela et de se rendormir. Il s'allongea. A l'instant où sa tête touchait l'oreiller, il sentit brusquement qu'il y avait quelqu'un dans le hall, derrière la porte de la chambre.

Ce fut alors comme si une grosse bulle éclatait en lui, et il retrouva sa capacité de mouvement. Il sauta du lit, enfila sa robe de chambre et ses pantoufles et se dirigea vers la porte. Il ne lui vint pas à l'idée de se munir d'une arme ; mais en voyant son reflet dans le miroir de la coiffeuse, au clair de lune, il comprit qu'il était sans défense.

L'espace d'un instant, il s'arrêta devant le miroir, le regard fixé sur son reflet. Il vit ses yeux écarquillés — et, derrière les yeux, quelque chose d'autre. Il ne vit pas les caractéristiques de son corps, de taille moyenne, il ne vit pas les cheveux blond paille, le nez moyen, les oreilles moyennes, le physique standard. Il voyait un homme arraché de force à la sphère des gens ordinaires — ou moyens, peu importait le nom qu'on voulait leur donner. L'inconnu, derrière la porte de la chambre, l'invitait à venir lui dire bonjour, puis à l'accompagner sur une route non éclairée, une très longue route. Où il n'y avait rien de l'autre côté, rien du tout : juste la route qui descendait à l'infini.

Il ouvrit la porte et sortit sur le seuil. Le hall était éclairé et désert. Dans le living-room, il alluma une lampe, regarda, écouta : il n'y avait rien d'autre que les murs et les meubles. Il alla dans la salle de bains, revint dans le hall, qu'il traversa pour entrer dans la cuisine. Il tâta les poches de sa robe de chambre à la recherche de cigarettes, mais n'en trouva pas. Il aurait bien voulu qu'il y eût de l'alcool dans la maison. C'était sans doute vrai, ce qu'on disait à propos de l'alcool. Ça aide beaucoup.

Peut-être qu'un verre d'eau froide ferait l'affaire. En réalité, se dit-il avec colère, ce dont il avait besoin, c'était d'un seau d'eau glacée en pleine figure. Ou d'un bon coup de pied au derrière. Il sortit la carafe d'eau du réfrigérateur et remplit un verre. Il le portait à ses lèvres lorsqu'il entendit des pas — et il sut que Vivian venait dans la cuisine.

C'était comme s'il se trouvait au pied d'une montagne et voyait une avalanche arriver sur lui. Il tenta de se raisonner, de se dire que c'était seulement sa femme, qu'il se trouvait seulement dans une cuisine, que c'était juste une nuit de janvier dans la ville de Philadelphie et qu'un nommé Darby était sorti du lit pour aller boire un verre d'eau. Rien de plus. Paniqué, il se mordit la lèvre et sentit sur sa langue un goût de sang.

Puis Vivian entra dans la cuisine, en ajustant la ceinture de sa robe de chambre. Il y avait dans ses yeux et sur ses lèvres, tandis qu'elle le regardait boire, à la fois un sourire et une note de désapprobation. Il la regarda, tenta de sourire par-dessus le bord de son verre et sentit l'eau dégouliner sur son menton.

— Tu en mets à côté, dit Vivian.

Il posa le verre sur l'évier.

— Je dors à moitié.

Vivian l'observa, la tête légèrement penchée. Son sourire commença à s'effacer. La note de désapprobation demeura.

Sans raison particulière, il prit le verre, le regarda comme s'il avait une signification quelconque, puis le reposa. Il ouvrit la bouche pour parler mais les mots se dérobèrent. Il regarda Vivian d'un air interrogateur, comme si c'était à elle d'expliquer sa présence dans la cuisine.

— Qu'est-ce qui t'a réveillé ? s'enquit-elle posément.

Il haussa les épaules.

— J'avais cru entendre du bruit. — Il voulut rire

mais ne parvint à émettre qu'un son grinçant, étranglé. — Je pensais que c'était un cambrioleur.

— Tu parles sérieusement ?

La façon dont elle dit cela ne lui plut pas. Son regard se durcit.

— C'est possible, non ? Cette maison n'est pas différente des autres. Aucune maison n'est à l'abri des cambrioleurs.

— Ce n'est pas la peine de t'énerver.

— Je ne m'énerve pas.

Vivian recula jusqu'à la porte et tourna la tête pour jeter un bref coup d'œil en direction du hall et du living-room. Apparemment, elle fit cela dans le seul but de lui complaire.

— C'était peut-être une souris.

— J'ignorais qu'il y avait des souris dans la maison.

— Il n'y en a pas, murmura-t-elle. Mais on ne prend jamais trop de précautions. Je poserai un piège dès demain.

De nouveau, il haussa les épaules.

— C'est ça. Et maintenant, retournons nous coucher.

Pour lui, l'incident était clos. Il se dirigea vers la porte. Mais Vivian lui bloqua le passage. Debout sur le seuil, immobile, elle le regardait. Le carrelage de la cuisine devint un échiquier où elle semblait attendre le coup suivant.

Cela ne se réglerait pas avec de simples mots, il le savait. D'autre part, il pouvait difficilement l'écarter d'un revers de la main.

— Qu'est-ce qui te tracasse ? demanda-t-elle.

— Rien.

— Tu en es sûr ?

Il hocha la tête, tout en sachant bien qu'il lui faudrait trouver mieux que cela. Il s'avança vers elle avec l'idée de lui donner un baiser. Elle avait des lèvres faites pour être embrassées. En s'approchant, il vit une femme sensuelle, au visage adorable et au corps délicieux : il ne devrait pas avoir de difficulté à la prendre dans ses bras.

Mais brusquement il s'arrêta, le visage crispé, et un frisson s'insinua dans son cerveau. La pensée de l'embrasser était horrible, comme de toucher quelque chose de grotesque et de visqueux.

Pour compliquer les choses, il s'aperçut qu'elle avait envie d'être embrassée. La petite lueur brillait dans ses yeux et elle respirait si fort que sa poitrine se soulevait, invitante, comme pour lui dire que ce serait bien agréable, qu'il lui suffisait simplement d'avancer d'un pas.

Il recula d'un pas, la foudroyant du regard comme si c'était une quelconque aguicheuse et non la femme avec laquelle il était marié depuis quatre ans.

— Bon sang, marmonna-t-il, qu'est-ce qui se passe ici ?

Vivian ne dit rien. Elle haussa légèrement une épaule et le considéra fixement, les yeux mi-clos. Il vit les longs cils, la pose charmeuse.

La colère s'empara de lui.

— Tu as l'air d'en avoir drôlement envie, dit-il d'une voix épaisse.

Ses lèvres remuèrent à peine :

— Serait-ce donc si étrange ?

— Tu le veux vraiment, Vivian ?

Elle avait une main sur sa hanche parfaitement ronde. Et sa main caressait l'arrondi, décrivant de nonchalants petits cercles.

— Je ne joue pas la comédie, murmura-t-elle.

Cela le troubla ; or il ne voulait pas être troublé. Il voulait rester indifférent.

— Que veux-tu que je fasse ? Que je t'allonge par terre ? Ici, dans la cuisine ?

Les yeux langoureux, elle contemplait le linoleum.

— Ma foi, dit-elle, nous l'avons fait dans le living-room, dans le hall, dans toutes les pièces de la maison. Pourquoi pas ici ?

Il tenta d'avaler la boule brûlante qui lui obstruait la gorge.

— Tu y prendrais du plaisir, n'est-ce pas ?

— Dans mon état d'esprit actuel, je monterais toute nue sur le toit de la maison avec toi.

Il serra les lèvres.

— Ne parle pas ainsi. Je n'aime pas t'entendre parler de cette façon.

— Vraiment ? — Sa voix était calme et onctueuse, ses yeux toujours aussi langoureux. — Tu commences à devenir puritain.

— Je suis ton mari, dit-il avec raideur.

— Alors montre-le moi.

Il considéra attentivement le plancher.

— Eh bien ? insista-t-elle.

Il s'arracha à sa contemplation et la foudroya du regard.

— Mais enfin, qu'est-ce que tu as ce soir ?

Elle eut un sourire lent, naturel.

— Rien de bien inquiétant. J'espère qu'il en ira toujours ainsi pour moi.

— Vraiment ? Je croyais que l'hiver était la saison froide.

— La saison n'a rien à y voir.

Il avait l'impression d'être acculé contre un mur. Il se demanda que dire. Finalement, il articula :

— Tu es très jolie, sais-tu ? J'aime ta silhouette.

— Merci.

Mais elle semblait se rendre compte qu'il avait dit cela juste pour dire quelque chose. Ses yeux s'étrécirent un peu. Il y eut quelques passes d'escrime silencieuse. Puis elle jeta son épée et mit fin au silence en disant, d'une voix sirupeuse et voilée, remplie de tout le désir du monde :

— Mais je ne veux pas rester là à en parler.

Ces mots l'atteignirent lentement. Mais le choc fut rude. Avant d'avoir pu contrôler sa réponse, excessive, il s'entendit gronder :

— Assez ! Tu parles comme une putain.

Elle cilla. Ce fut tout. L'instant d'après, elle avait retrouvé son sourire langoureux et murmurait :

— Je me suis souvent interrogée à ce sujet.

— A quel sujet ? dit-il d'une voix où le grondement persistait.

— Sur l'effet que ça doit faire. D'être une putain.

Le grondement monta de nouveau, mais il le retint. Et c'est d'une voix plus calme qu'il dit :

— Je dois être vraiment indisposé. Et je voudrais que tu te calmes.

— Je n'ai pas envie de me calmer. — Elle s'appuya du coude contre le mur et garda l'autre main sur sa hanche. — Ne peux-tu comprendre ?

— Tais-toi ! coupa-t-il sèchement. Tais-toi.

Elle ne sembla pas entendre.

— Et si tu me disais la vérité ?

— Que veux-tu dire ?

— Je crois que tu sais ce que je veux dire, répliqua-t-elle sans élever la voix.

Il la regarda en clignant des yeux et en secouant lentement la tête. C'était tout ce qu'il était capable de faire.

Elle retira son coude du mur. Sa main glissa de sa

hanche. Elle se pencha en avant. Ce fut un changement d'une étonnante soudaineté : perdant toute contenance, elle s'abandonna à la fureur. Ses yeux étincelaient.

— Dis-moi la vérité ! lança-t-elle d'une voix tranchante. Est-ce que tu m'as trompée ?

Il lui fit face avec sa propre colère.

— Je refuse de répondre. — Il s'emporta et fit un pas vers elle. — Voilà ce que j'appelle une question vile et mesquine.

— Tu y répondras quand même.

Elle recula, non pour battre en retraite mais afin de bloquer la porte. Elle avait le visage empourpré et respirait avec peine. Ses bras étaient des barres frémissantes qui le mettaient au défi de l'écarter du seuil.

Il sentit les muscles de ses mâchoires se durcir.

— C'est bon, dit-il. La réponse est non. Je ne t'ai pas trompée. — Instantanément, sa colère s'évanouit, sa tension disparut et il parvint à esquisser un sourire. — Maintenant, à mon tour de poser une question. A quoi cela rime-t-il ? Qu'est-ce qui t'a mis une pareille idée dans la tête ?

Elle continua de bloquer la porte. Le regard dur, elle l'observait sans rien dire.

— Eh bien ? insista-t-il.

Elle garda le silence. Elle se contentait de l'observer, la tête penchée, comme si elle voyait quelque chose qu'elle ne saisissait pas très bien.

Enfin, elle se passa la langue sur les lèvres, comme si les mots avaient besoin de lubrifiant pour pouvoir sortir.

Et elle dit :

— Ça fait maintenant des semaines.

Ce fut un coup de massue. Il entendit une voix engourdie, une voix qui ne pouvait être la sienne :

— Quoi ? Qu'est-ce que... ?

— Tu as bien entendu. J'ai dit : des semaines.

Il ne bougea pas, mais il avait l'impression de décrire des cercles en titubant.

— Combien de semaines ?

— Tu ne le sais vraiment pas ?

Il pressa les doigts sur sa tempe.

— Je ne me rappelle pas.

— Eh bien, dit-elle, si cela t'intéresse vraiment, ça fait trois semaines et un jour.

La massue le frappa de nouveau. Il s'aperçut que, concernant Vivian, il n'avait pratiquement aucun souvenir des dernières semaines.

Il eut la force de s'avouer qu'il n'y comprenait rien. Avant, il suffisait à Vivian de le regarder d'une certaine façon pour le rendre fou de désir. Peut-être, ces dernières semaines, ne l'avait-elle pas regardé de cette façon-là. Il essaya de se rappeler, en vain.

C'était comme s'il avait un billet pour nulle part et faisait régulièrement une excursion nocturne tout en restant là, dans la même chambre qu'elle, nuit après nuit.

Mais bon sang, il n'était certainement pas le seul responsable ! Il ne s'agissait sûrement pas d'une incapacité physique.

Peut-être que si, après tout.

C'était peut-être vrai, ce qu'affirmaient certains livres. Qu'aucun homme n'y échappe. Que ça arrive parce que, tôt ou tard, cela doit arriver. Quelque chose comme une brusque baisse de tension. La virilité disparaît un beau jour et, au bout d'un moment, elle revient. Ou elle ne revient jamais.

Mais non, cela ne pouvait pas lui arriver à lui. Il n'y avait aucune raison. Absolument aucune. Il était jeune, en parfaite santé. Il n'avait certainement pas perdu le goût des douces lèvres de Vivian, de la volupté de ses seins provocants, de la chaleur satinée de ses cuisses. L'idée de vivre dans cette maison avec Vivian sans éprouver de désir pour elle était impensable.

Et pourtant, c'était un fait. Trois semaines et un jour. Il entendit Vivian dire, sur un ton de doux reproche :

— Pour toi et moi, trois semaines, c'est long, tu ne trouves pas ?

Elle se détourna pour sortir de la cuisine. Puis, en un éclair, juste avant de franchir le seuil, elle lui décocha le regard. Le regard qui disait : « C'est fini, mon chéri, je ne t'en veux pas ; si tu as envie de moi, je serai dans la chambre. »

Et il se retrouva seul avec lui-même, le regard fixé sur le seuil vide qui donnait sur le hall, lequel menait à la chambre à coucher. Il fit un pas vers la porte et s'aperçut qu'il avait peur d'aller dans la chambre.

Le mieux, se dit-il, était de penser en termes de désir et non de répulsion. Après tout, cela appartenait au domaine du plaisir. Et il n'existait pas de plaisir plus grand. Surtout avec cette femme aux yeux et aux cheveux sombres, ce pur joyau sur lequel tous les hommes se retournaient dans la rue.

Ce soir, décida-t-il, il lui en donnerait pour son argent. Il compenserait les trois semaines perdues.

Il sortit de la cuisine, longea le hall et entra dans la chambre.

Entre les lits jumeaux, la lampe de chevet était allumée. Vivian était assise dans son lit, les mains nouées autour des genoux. Son épaisse chevelure brune, lustrée et luxuriante, flottait sur ses épaules nues, et le décolleté de sa chemise de nuit révélait l'ardente plénitude de ses seins. Elle lui dédiait le fameux regard. Pas de sourire ; juste le regard.

Tandis qu'il s'approchait du lit, elle roula la double couverture et l'écarta ; il vit alors les délicieux contours de son corps sous le mince tissu de la chemise de nuit. Il s'allongea près d'elle et, avant même de l'avoir touchée, il eut l'impression de sentir la chaleur émanant du sang en ébullition et de la chair palpitante.

Il l'embrassa et sentit ses bras se resserrer autour de sa taille. Il l'embrassa de nouveau, et elle lui rendit son baiser avec une ardente frénésie. Pris de vertige, il goûta le capiteux nectar de sa bouche et continua de l'embrasser, tandis que ses mains rencontraient les seins fermes ; elle se contorsionna, se trémoussa, émettant les petits gémissements qui ne manquaient jamais de le rendre fou de désir.

Aussi, très vite, son désir s'exacerba et il se trouva dans les bonnes dispositions, conscient d'être prêt. Il avait les yeux fermés mais il sentit la pression des membres de sa partenaire lorsque, silencieusement, elle lui dit : Maintenant !

A cet instant précis, il ouvrit les yeux et vit ses lèvres entrouvertes. Son regard remonta vers le nez à la forme exquise, vers le front parfaitement lisse, s'arrêta sur les cheveux bruns.

Il regarda fixement les cheveux bruns de Vivian.

En regrettant qu'ils fussent bruns et non blonds argentés.

Et il sut, en cet instant, qu'il ne serait pas capable d'aller jusqu'au bout.

Il se dégagea, s'assit au bord du lit et contempla le plancher. Il entendit Vivian dire :

— Que s'est-il passé ?

— Je n'en sais rien.

Il sentit sa main se poser sur son épaule :

— Écoute, mon chéri. Écoute-moi...

— Oh, pour l'amour du ciel !

D'un bond, il se leva pour échapper à son contact. Il alla jusqu'à la fenêtre, se retourna, traversa la chambre, la retraversa — sans regarder Vivian. Finalement, il grimpa dans son lit.

— Reviens là, dit Vivian avec douceur.

Il enfouit son visage dans l'oreiller. Ses paupières étaient étroitement fermées.

— Fais-moi plaisir, grogna-t-il. Laisse-moi tranquille, que je puisse dormir.

— Tu ne dormiras pas. Et moi non plus.

Il ouvrit les yeux et vit Vivian sortir du lit. Il la regarda enfiler sa robe de chambre et marcher de long en large. Elle avait la tête baissée et, l'espace d'un instant, il crut qu'elle pleurait. Mais lorsqu'elle passa près de son lit, il s'aperçut qu'elle fixait le plancher d'un air pensif, comme si elle essayait de résoudre une devinette. Soudain, elle se tourna vers lui.

— Vois-tu, je suis peut-être prétentieuse, mais je n'arrive pas à croire que tu n'aies plus envie de moi.

— Tu sais bien qu'il nc s'agit pas de cela.

— Et de quoi s'agit-il, alors ?

Il se creusa la tête pour trouver une réponse appropriée.

— Je suis fatigué, voilà tout, dit-il enfin. J'ai beaucoup de travail ces temps-ci. — Comme l'excuse paraissait à peu près valable, il poursuivit : — On nous fait trimer comme des nègres au bureau.

Elle s'approcha de lui, un sourire gentiment réprobateur sur les lèvres.

— Pourquoi ne pas me l'avoir dit plus tôt ?

Il haussa les épaules.

— Je ne voulais pas t'inquiéter.

Il mentit avec naturel mais il s'en voulut de ce mensonge.

— Désolée, mon chéri, dit Vivian en lui tapotant l'épaule. Mais vraiment, tu aurais dû m'en parler. — Elle se pencha pour déposer un léger baiser sur son front. — Que cela ne te tracasse pas. Oublie ce qui s'est passé cette nuit. Il y aura d'autres nuits.

Il la vit s'éloigner du lit et se diriger vers la porte.

— Où vas-tu ? demanda-t-il.

— Peut-être est-ce vraiment un cambrioleur que tu as entendu tout à l'heure, dit-elle avec détachement. Je vais appeler la police.

Il s'assit dans son lit, les sourcils froncés.

— Tu parles sérieusement ? Ils nous garderont debout toute la nuit.

— Non. Je vais simplement leur dire que nous croyons avoir entendu du bruit et que nous voulons en avoir le cœur net. Ils n'auront qu'à faire le tour du pâté de maisons pour vérifier que tout est normal.

Il esquissa un geste indifférent. Il se sentait très las, tout à coup. Il posa la tête sur l'oreiller et entendit la porte se refermer. Ce bruit lui procura un profond sentiment de calme et de sécurité. Comme pendant les nuits d'hiver de son enfance, les nuits très froides, quand sa sœur Marjorie venait s'assurer qu'il était bien au chaud sous ses couvertures et lui souhaitait bonne nuit en souriant avant de refermer doucement la porte.

Parfois, il y avait même un petit supplément drôlement agréable : Marjorie s'asseyait au bord du lit et lui parlait un petit moment. Tantôt elle lui racontait une histoire, tantôt elle lui rapportait une anecdote amusante qui s'était produite à l'école ce jour-là. C'était si bon de se trouver là, sous le douillet édredon, et d'écouter la douce voix veloutée de Marjorie. De voir son visage souriant, semblable à une fleur blanche émergeant des ténèbres de la chambre. Et l'éclat particulier de ses yeux vert pâle. Et la masse luisante de ses cheveux blond argenté.

Darby se raidit. Ses mains se transformèrent en poings, qu'il pressa avec force contre son front. En cherchant désespérément à se rappeler si les cheveux de Marjorie étaient brun foncé ou blond argenté.

Il ouvrit les yeux. Quelque chose le poussa à se mettre sur son séant. Puis à se glisser hors du lit. Quelque chose le poussa à traverser la pièce à pas lents ; l'espace d'un instant, il se demanda quelle était cette impulsion. Puis, le temps d'ouvrir la porte — lentement, silencieusement —, il ne s'en souciait déjà plus. Il savait seulement qu'il ne devait pas faire de bruit.

La lumière venait de l'office, où Vivian parlait au téléphone. Il s'approcha avec précaution et entendit ce qu'elle disait. Et il comprit alors qu'elle ne téléphonait pas à la police.

CHAPITRE II

Le plus surprenant, pour lui, fut de n'être pas du tout surpris. Il sut, aussi sûrement qu'il s'appelait Alvin Darby, qu'il s'était toujours attendu à cela. Il n'avait pourtant eu aucune raison particulière de s'y attendre ; il comprenait, à présent, ceux qui affirmaient que certaines choses ne pouvaient s'expliquer.

Immobile dans le hall obscur, près de l'office, il entendit la voix de Vivian :

— Pourrait-on se voir demain ? — Une longue pause, puis : — Mais il faut que je te voie. Tu ne comprends donc pas ? — Une autre pause, encore plus longue. Il entendit sa respiration précipitée. — Bien sûr, chéri, je le sais, mais... — Un bruit sec, le pianotement de ses doigts nerveux sur la table. — Non, je t'en prie, ne dis pas ça. Il ne doit rien savoir.

Darby souriait. Il n'en avait pas conscience mais ce sourire jouait sur ses lèvres tandis que, à pas très lents, il repartait à reculons, aussi silencieusement qu'il était venu. Son sourire s'était figé lorsqu'il regagna la chambre et se remit au lit sans un bruit. Il s'installa confortablement sous les couvertures et ferma les yeux. Il respira profondément, adoptant le rythme lent et régulier du sommeil. Il entendit la porte s'ouvrir et sentit que Vivian l'observait pour s'assurer qu'il dormait. Sans doute se mordillait-elle la lèvre inférieure, comme elle le faisait toujours quand quelque chose la tracassait. Il écouta avec une sorte de plaisir ses pas traverser la chambre en direction du lit jumeau.

« Eh bien », se dit-il placidement, conscient que cette placidité n'était que le vent qui annonce une furieuse tempête, « voilà qui est très intéressant ».

C'était très intéressant parce que, pas une seule fois durant les quatre années de leur union, il n'avait mis en doute la fidélité de Vivian. C'était une chose qu'il avait considérée comme allant de soi. Tout comme le fait de savoir, le soir au moment de s'endormir, qu'il se réveillerait le lendemain matin. Il ne l'avait jamais vue accorder un second regard à un autre homme ; d'ailleurs, même si elle l'avait fait, il n'en aurait tiré aucune conclusion. Il avait vu quantité d'hommes la regarder avec admiration, mais cela ne l'avait jamais tourmenté ni irrité. Il pouvait difficilement leur en vouloir, car Vivian valait effectivement le coup d'œil. Il lui était parfois arrivé, en la voyant descendre la rue, d'oublier qu'elle était sa femme et de se dire : « Ma parole, voilà un beau brin de fille ! » Puis, lorsqu'elle s'approchait, il avait l'impression de saluer quelqu'un à l'intérieur de lui-même.

A présent, il commençait à ressentir la pleine puissance du choc. C'était un choc étrange, en ce sens qu'il ne l'atteignit pas d'un seul coup, de plein fouet. Il se manifesta plutôt à la façon de grosses vagues se déplaçant lentement vers le rivage. Avançant avec force, lenteur et détermination, écartant tout sur leur passage. Puis ce fut le déferlement dans un fracas de tonnerre, l'écume furieuse, la rage insensée à mesure que Darby comprenait à quel point il avait été trompé et bafoué.

Cela devait durer depuis longtemps. La voix de Vivian, au téléphone, avait exprimé davantage qu'une simple intimité, comme si elle connaissait l'homme depuis des années et des années. Et pourtant, peu de temps avant, dans la cuisine, elle avait dit : « Cela fait maintenant des semaines. » Il savait donc, à présent, que chaque fois qu'il était allé dans le lit de Vivian, au cours des nombreuses semaines précédentes, le visage et le corps qui l'attendaient n'étaient qu'une infâme tromperie.

Il avait dû le sentir des semaines auparavant, sentir un changement dans son comportement, un changement vague mais suffisamment significatif pour étrangler les cordons de son désir. Cela pouvait arriver ainsi, une petite chose en amenant une autre, un tas de petites choses s'ajoutant les unes aux autres et se développant comme les bacilles de la peste. Jusqu'au moment où ça frappait pour de bon et où ça explosait, comme ce soir.

Un cambrioleur... Au fond, il n'était pas tombé tellement loin. Dans un certain sens, il s'agissait bien d'un cambriolage — encore était-ce un euphémisme. Ce qui rendait la chose insupportable, c'était le prix qu'il avait attaché à leur union, cette parfaite harmonie qui l'avait empêché de regarder les autres femmes avec autre chose qu'un intérêt purement objectif.

Il ouvrit les yeux et contempla le plafond noir, en souhaitant qu'il s'effondre et les écrase tous les deux, elle et lui. Au moins, il y aurait un peu de vérité là-dedans. Alors qu'il n'y avait rien de vrai dans cette situation : les deux lits côte à côte, le mari et la femme qui respiraient l'air de la même chambre pendant que, quelque part, une troisième personne attendait la prochaine occasion favorable.

Une troisième personne. Un homme qu'elle connaissait depuis longtemps. Et qu'il devait donc connaître lui aussi. Il commença à passer en revue les noms de leurs amis communs. En remontant loin en arrière, à l'époque où il lui faisait la cour, où ils sortaient beaucoup et voyaient beaucoup d'amis. Les étés à Wildwood, sur la plage, à déguster de la guimauve avec toute la bande. Ce bon vieux George, et Sam, et Johnny. Et Steve, et Ralph, et Charley. Et Frank, Pete et Bob... Et ainsi de suite, trop de noms, trop de possibilités. Mais... un instant ! Reviens un peu sur Pete. Reste avec Pete.

Pete Lanson. Le boute-en-train de la bande, excellent danseur, toujours tiré à quatre épingles. Pete avait arboré une moustache au lycée et avait été le premier à posséder une guimbarde au moteur gonflé. A vingt-cinq ans, Pete était un représentant extraordinairement doué qui vendait des aspirateurs comme des petits pains. C'était du moins ce qu'il prétendait, quoiqu'il fût toujours à emprunter de l'argent. Tout le monde l'aimait bien, même ses créanciers, qui ne pouvaient retenir un petit sourire lorsqu'il leur servait ses sempiternelles excuses. C'était un type tellement charmant, au fond ; et puis, quand il était solvable, il se montrait généreux et insistait toujours pour régler la note.

Quant aux filles, elles se jetaient littéralement sur lui. Il avait le sourire naturel, le physique séduisant. Plutôt grand, très mince, il était toujours bien rasé et pimpant, toujours fringant, et il déployait un charme sans effort qui le mettait instantanément en vedette. Trop de filles étaient folles de lui, si bien qu'il n'avait pas de petite amie attitrée. Mais il était toujours avec une fille. Il avait une étonnante façon d'éviter les complications. Tel une anguille souriante et bienveillante, il se tirait de toutes les situations et il avouait à chacune de ses conquêtes, avec une sincérité désarmante, qu'il était un démon insouciant qu'on ne devait pas prendre au sérieux. Naturellement, pour la plupart, elles adoraient cela ; et, généralement, Pete n'avait aucune difficulté à s'insinuer dans leurs bonnes grâces et n'avait aucun problème quand il tirait sa révérence.

Pourtant, Darby était maintenant frappé par le souvenir d'une scène particulière, où Pete avait le plus grand mal à faire ses adieux. La scène était très vivante en cet instant et Darby fut sidéré non seulement par sa clarté, mais encore par le fait qu'il l'avait depuis longtemps effacée de son esprit. Il l'avait effacée le soir même où elle s'était produite. Le soir de son mariage.

Il était en smoking et Vivian, tout de blanc vêtue, était éblouissante. Contre un mur tapissé d'oiseaux jaunes et de fleurs se trouvaient une horloge de parquet en chêne sombre et la table du buffet, recouverte de dentelle. Il y avait des assiettes empilées, de l'argenterie étincelante, tout était fin prêt. Cela se passait chez les parents de Vivian, dans le quartier ouest de Philadelphie. Les invités commençaient à arriver et la réception démarrait : on ouvrait les bouteilles, on échangeait des baisers.

Le marié, entouré d'amis, s'excusa d'un sourire et partit à la recherche de sa femme. Il y avait un hall, assez sombre parce que les lampes, anciennes, ne dispensaient pas beaucoup de lumière. Par une porte ouverte, il entendit la voix de Vivian. Il s'apprêtait à entrer dans la pièce, lorsqu'il entendit la voix de Pete Lanson.

— Je suis désolé, disait Pete.

— Voilà qui nous avance beaucoup, dit Vivian avec amertume.

— Je suis vraiment désolé, je t'assure.

Pete avait l'air très sérieux, ce qui était inhabituel. Le marié s'immobilisa, se demandant ce qui pouvait bien se passer.

La voix de Vivian :

— Quand pars-tu ?

— Cette nuit.

— Cette nuit ?

Elle donnait l'impression de se contenir pour ne pas crier.

— Écoute, Viv...

— Pourquoi ne me l'as-tu pas dit ? Pourquoi ne m'as-tu pas prévenue ?

— Je n'en savais rien moi-même. Ils ne m'envoient jamais sur la route aussi tôt.

Et Darby se souvint d'avoir posé sa main contre le mur, comme s'il avait besoin d'un point d'appui. Il se souvint de tous les détails : les motifs enchevêtrés du tapis vert foncé, la table avec un dessus en marbre, là-bas, au bout du hall. Quatre ans après, il se souvenait encore de tout.

— Tu ne partiras pas, dit Vivian.

— Je n'ai pas le choix. C'est mon boulot.

— Écoute-moi bien : je te dis que tu ne partiras pas. Si tu t'imagines un instant que je vais te laisser...

— Sois raisonnable. Je t'ai donné ma parole...

— Ta parole ! Je sais exactement ce qu'elle vaut. — Elle prononça ces mots avec un éclatant mépris. Puis sa voix se brisa. — N'as-tu donc pas de conscience ? Comment peux-tu me faire une chose pareille ?

Le marié s'éloigna de la porte. Son visage était pâle et il jouait nerveusement avec ses mains. En essayant de se persuader que ce n'était rien. Sachant bien qu'il avait peur d'en écouter davantage. C'était le jour le plus important de sa vie : il ne fallait pas le gâcher. Il rejoignit les invités, la soirée se poursuivit et, dans la nuit, seul avec sa femme, il parvint à oublier l'incident. C'était tellement peu de chose par rapport à l'enivrant plaisir de découvrir à quel point Vivian le désirait.

Mais maintenant, quatre années avaient passé ; et, ce soir, il avait été guéri de son aveuglement. Le tableau était clair, et le visage de Pete Lanson en formait le motif central. C'était significatif qu'il n'eût pas revu Pete depuis le jour du mariage. Et que Vivian n'eût jamais parlé de Pete.

Le tableau parut s'embraser. Il se transforma en un écran qui, en dépit des flammes, refusait de se consumer. Il les voyait sur l'écran, tous les deux ensemble, pendant que lui, à des kilomètres, en ville, s'escrimait sur des colonnes de statistiques pour rapporter à la maison quatre-vingt-cinq dollars par semaine. Il les voyait aux deux extrémités d'un fil téléphonique, convenant du rendez-vous suivant pendant que lui, en ville, avalait rapidement son déjeuner afin de retourner au bureau terminer un rapport, en espérant que le rapport recevrait l'approbation du directeur, que cela se traduirait par une augmentation et qu'il pourrait fêter l'événement en offrant à Vivian un bracelet ou autre chose. Et en automne ou au printemps, quand il faisait beau dehors et qu'il était rivé à son bureau, content malgré tout à la pensée qu'elle l'attendait à la maison, elle n'y était pas. Elle était en visite. Elle passait un agréable après-midi avec lui. Seuls tous les deux, les stores baissés, sans une âme pour les déranger. Même pas leurs âmes.

Ce fut alors comme une chaudière qui explose :

Darby, très lentement, se mit debout, les bras levés, les mains en avant, les doigts écartés et recourbés, et il s'avança vers l'infidèle. Il avait pleinement conscience de ce qu'il faisait. Tout en se disant que ce n'était pas possible, il savait que c'était bien réel et qu'il n'y pouvait rien. Il vit les serres blanches s'approcher de la gorge de Vivian et, soudain, il sentit que beaucoup de temps s'était écoulé : tout était terminé ; elle dormait à présent d'un sommeil définitif. Une flamme brûlante l'aveugla et l'horreur le fit chanceler.

Mais il ne l'avait pas touchée. Les épaules de Vivian se soulevaient et s'abaissaient au rythme lent et paisible du sommeil. Darby détourna la tête et regagna son lit. Il était couvert d'une sueur glacée, épouvanté de l'acte qu'il avait failli commettre et parfaitement conscient d'être dans un état qui le rendait capable de le commettre.

CHAPITRE III

Il s'endormit vers six heures du matin. Une heure plus tard, il était sous la douche. Il n'avait jamais été partisan des douches froides à la spartiate mais, ce matin-là, il avait terriblement besoin d'un bon coup de fouet, et l'eau giclait sur lui comme des flèches glacées. Une vigoureuse friction avec sa serviette le ranima encore un peu plus et, tandis qu'il boutonnait une chemise blanche propre en contemplant le ciel par la fenêtre de la chambre, il se sentit plus ou moins prêt à affronter la journée.

Dans l'office, il accueillit Vivian plaisamment, sirota son jus d'orange et se plongea dans la page des sports. Il y avait encore un scandale de basket-ball et une écurie avait flambé dans le Kentucky, provoquant la mort de douze pur-sang. Yale était opposé à Penn en natation le samedi suivant, avec un nouvel élève de première année dont le style devait faire sensation.

Barricadé derrière son journal, il entendit Vivian annoncer que Washington envisageait une nouvelle augmentation des impôts. Il marmonna quelque chose comme quoi si ça continuait ainsi, il y aurait bientôt un impôt sur l'air frais.

Il mangea un œuf brouillé, un croissant et deux tranches de bacon frit. Le café était spécialement fort ce matin-là et il en fut heureux. Il l'aimait fort et noir. Elle lui en versa une seconde tasse et ils restèrent quelques minutes à fumer des cigarettes tout en parlant de Washington, du maire de Philadelphie et de la construction d'un nouvel immeuble sur Roosevelt Boulevard.

A la porte d'entrée, pendant qu'il boutonnait son lourd raglan, elle lui tendit son écharpe. Il la remercia d'un sourire, se détourna avec quelque lenteur et entendit derrière lui le léger déclic de la porte qui se refermait.

A la mauvaise saison, quand les rues étaient verglacées, il laissait la Plymouth au garage. Un bus le déposait au métro aérien de Frankford, qui le conduisait en ville. Dans le métro, il jeta un coup d'œil sur les affiches publicitaires, en déplorant leur manque d'imagination. Ce devait être une sacrée sinécure d'écrire les slogans de ces affiches. Une ménagère entre deux âges brandissait un pot de mayonnaise en criant : « Délicieux ! » — et le texte de la publicité se limitait à cela. Il secoua lentement la tête. Certains se la coulaient douce sur cette terre. Dix ou quinze mille dollars par an pour trouver des mots comme « Délicieux » et les faire suivre d'un point d'exclamation.

Au bureau, dans la vaste pièce où les actuaires se livraient à des prédictions arithmétiques concernant le taux de mortalité, le taux des accidents, les pertes que feraient subir cette année à la société les incendies, vols et autres sinistres, il se plongea dans son travail. Il était l'un des trois adjoints d'un actuaire très bien rémunéré, un brillant mathématicien dont la conversation, pour l'essentiel, se limitait à des chiffres, à des symboles et à des formules. Mais c'était aussi bien ainsi. C'était le genre de boulot où on mettait l'accent sur la précision.

Un boulot plus difficile que de rester assis devant une machine à écrire à taper le mot « Délicieux ! ». Il avait travaillé sur certains rapports qui avaient fait économiser à la compagnie des centaines de milliers de dollars. Par exemple, l'année précédente, son étude sur les risques d'incendie dans l'industrie du pétrole leur avait permis d'économiser presque un million de dollars. Gros chiffre pour un homme qui gagnait quatre-vingt-cinq dollars par semaine.

Il fut bientôt midi et demi ; au bureau voisin, un petit homme trapu lui proposa avec un sourire en coin de venir manger un morceau. Darby rendit son sourire à Harry Clawson et accepta. C'était toujours le meilleur moment de la journée, celui d'aller déjeuner avec Harry.

Harry était son meilleur ami. Ils étaient allés au lycée ensemble, avaient joué au base-ball sur le même terrain vague ; puis ils s'étaient perdus de vue pendant plusieurs années, alors que Harry tentait de se lancer dans le base-ball professionnel et que Darby voguait d'un emploi sans intérêt à un autre. Jusqu'au moment où ils s'étaient retrouvés aux mêmes cours du soir où on leur enseignait les assurances, les statistiques et l'art de choisir sa cravate quand on sollicite un emploi.

Très important, le choix de la cravate. C'était un élément de ce que le professeur appelait « le style Chestnut Street ». Comme le fit observer le professeur, Chestnut Street — à Philadelphie — est parallèle à Madison Avenue — à New York —, à Beacon Street — à Boston —, et à Pennsylvania Avenue — à Washington. Darby et Harry étaient donc allés acheter une cravate du genre requis, un costume en laine peignée de la coupe requise, et des chaussures pas trop vernies.

Harry et lui avaient ainsi acquis « le style Chestnut Street » et ne l'avaient jamais perdu. Noyés dans la cohue des solennels employés qui sortaient des bureaux de compagnies d'assurances, des agences de publicité, des banques d'affaires, ils descendaient Chestnut Street avec une sorte de dignité décontractée. C'était une dignité sans ostentation, dont ils n'avaient nullement conscience ; il s'y mêlait pourtant une touche d'orgueil, un rien de morgue qui, sans rien avoir d'antidémocratique, les distinguait de l'éclat tapageur de Market Street et des bars qui bordaient Arch Street — sans parler, bien sûr, des hôtels borgnes de cet autre univers, les bas quartiers de Eighth et de Race Street.

Harry tira sur une pipe de bruyère non allumée et déclara :

— Il va encore neiger cette nuit. Regarde-moi le ciel.

Darby leva la tête. Le ciel était gris et bas. On aurait dit une vaste étendue de glace sombre.

Un agent de la circulation donna un coup de sifflet. Ils restèrent au bord du trottoir, à l'angle de Seventh et de Chestnut, regardant les voitures qui débouchaient de Seventh Street. Un taxi amorça un virage à droite mais dut s'arrêter pour laisser des piétons traverser Chestnut Street.

Darby resserra son écharpe pour se protéger du froid mordant.

— Comment vont Gert et les enfants ?

— Très bien. — Harry avait quatre enfants et sa femme en attendait un cinquième. — Quand est-ce que vous venez nous voir, Viv et toi ?

Il sourit.

— Nous sommes paresseux pour les mondanités.

— Paresseux pour tout, le reprit Harry.

— Nous viendrons bientôt.

Il avait envie que le feu passe au rouge. Il était pressé de traverser, pressé de déjeuner et de retourner à son bureau. Comme si le plaisir de déjeuner avec Harry s'était brusquement transformé en épreuve.

Le feu passa au rouge. Ils traversèrent la rue et entrèrent dans un restaurant au cadre rustique, genre décor anglais. Les tables étaient en chêne et la plupart des clients étaient des hommes. Ils s'installèrent dans un box et une serveuse leur présenta le menu.

Harry commanda un bol de *snapper soup* (1), un steak saignant garni de pommes mousseline et de haricots verts, et une salade. Il demanda à la serveuse s'ils avaient de la tarte au potiron, et elle lui répondit par l'affirmative. Il lui dit de lui en réserver une part.

Après, ce fut le silence. Tout paraissait silencieux dans le restaurant et au-dehors, dans la rue.

Puis la voix de Harry lui parvint :

— Hé, réveille-toi !

Devant ses yeux, le menu formait une tache beige qui flottait vers lui en tournoyant.

Du doigt, Harry indiqua l'insigne épinglé sur le corsage amidonné de la serveuse. L'insigne portait son nom.

— Miss Dennis attend, dit Harry.

Il leva les yeux et vit Miss Dennis. Elle essayait de se montrer patiente et souriait avec indulgence.

— Un café, dit-il.

Harry se pencha en avant.

— Quoi ? Qu'est-ce qui t'arrive ?

---

(1) Soupe à base de tortues d'eau douce et parfumée au Marsala. (Une spécialité de Philadelphie.)

Le menu lui échappa des mains et tomba par terre. Miss Dennis se baissa pour le ramasser.

— Excusez-moi. — Il ferma les yeux et eut envie de les garder fermés. — Apportez-moi juste une tasse de café noir.

Harry fronça les sourcils.

— C'est tout ?

Il acquiesça. Un petit signe bref, las, comme s'il avait à peine la force de bouger la tête.

La serveuse s'était éloignée. Il s'aperçut que Harry l'observait attentivement.

— Qu'est-ce qui ne va pas ? demanda Harry. Tu es malade ?

Il fallait qu'il dise quelque chose. Il concentra son attention sur une salière posée au milieu de la table.

— Je n'en sais rien.

C'était une réponse un peu bête, il s'en rendit compte.

— Tu avais l'air en forme quand nous avons quitté le bureau.

Il posa les coudes sur la table.

— Je fume peut-être trop.

— Combien de cigarettes ?

Il vit Harry qui le regardait d'une façon irritante. Comme si Harry le sondait. Comme si ça le concernait, Harry. Alors, d'un seul coup, il comprit la nécessité de cacher son infortune à Harry. De la cacher à tout le monde. Ça finirait bien par se savoir, tôt ou tard, mais pour le moment il avait une bonne raison de se tenir coi.

— Trois paquets par jour, répondit-il d'une voix égale. — Il secoua la tête avec sévérité, mécontent de cet excès de tabac. — Je n'arrive pas à m'arrêter.

— Avec un peu de volonté, tu le pourrais sûrement.

C'était relativement facile de broder sur ce sujet, parce qu'il fumait réellement entre deux et trois paquets par jour ; à plusieurs reprises, il s'en était inquiété et avait essayé de s'arrêter.

— Pas la peine de me faire des illusions, dit-il en grimaçant un sourire. Je suis esclave du tabac.

La serveuse arriva avec le café noir et la *snapper soup* de Harry. Darby prit le menu, le parcourut et entendit la voix de Harry :

— A la bonne heure !

— Du jambon et des choux, dit Darby à la serveuse.

Avec un petit sourire, Miss Dennis nota la commande. Puis elle s'éloigna, accompagnée du frou-frou austère de sa jupe amidonnée.

Harry murmura, en la désignant du pouce :

— Tu sais quoi ? Elle est pas mal.

— Jolies jambes, rétorqua machinalement Darby, histoire de se mettre sur la même longueur d'ondes que Harry.

Puis il se demanda si Miss Dennis avait vraiment de jolies jambes. Harry lui en apporta la confirmation :

— Ça se voit à ses chevilles. Rien qu'en regardant les chevilles, tu peux dire si elles sont fuselées jusqu'en haut.

D'habitude, quand Harry tenait ce genre de discours, Darby, irrité, essayait d'orienter la conversation vers un autre sujet. Non par pruderie : il savait apprécier une histoire cochonne quand elle était drôle et il acceptait les mots de cinq lettres quand ils tombaient au bon moment. Mais quand c'était vulgaire et artificiel, ça ne lui plaisait pas. Admirer une jolie femme, d'accord, mais pas comme si elle était à vendre sur un marché public.

Pourtant, cette fois-ci, le badinage de Harry ne le

dérangea pas. C'était assez stimulant et il lui trouvait une saveur appétissante qui le poussa à demander :

— Comment ça peut se voir aux chevilles ?

— C'est là que commence le galbe, répondit Harry. C'est ce que tu regardes en premier. Pour te faire une idée. Ensuite, à toi de voir ce qu'elles ont et l'usage qu'elles en feront.

La veille encore, il se serait dit que Harry était un hypocrite et un débauché — quoique Harry ne fût jamais passé de la parole aux actes.

Mais on était aujourd'hui et la situation avait grandement changé depuis la nuit précédente. Et Darby était là, vêtu selon le style Chestnut Street : chemise blanche immaculée, cravate vert bouteille garantie grand teint, costume de tweed marengo — conçu, selon la publicité de *Dominic,* « pour l'homme qui attache une importance primordiale au bon goût ». Il resta assis là, un fin sourire sur les lèvres, et il dit :

— J'imagine que Miss Dennis ne le fait pas souvent. Mais quand elle le fait, ça doit être quelque chose.

— Il y a un moyen d'en avoir le cœur net, dit Harry avec un rictus pervers.

Darby hocha la tête, très sérieux.

— Je pense y arriver.

Harry gloussa. Pour lui, c'était là du simple badinage entre hommes ; et, naturellement, ce n'étaient que des paroles en l'air.

Mais Darby déclara :

— J'entends réellement en avoir le cœur net.

Harry cessa de glousser. Un coin de sa bouche se releva, un côté de sa figure s'assombrit tandis que l'autre côté tentait de garder le sourire.

— Tu as l'air de parler sérieusement.

— Pas d'objection ? dit Darby d'un ton uni.

Le visage de Harry s'assombrit des deux côtés.

— Hé, vieux, pas de blague...

— La voilà. — Darby surveillait effrontément la rangée de tables. — Laisse-moi faire et écoute.

Miss Dennis descendit l'allée et posa d'une main experte le beefsteak saignant devant Harry. Elle prit ensuite l'assiette de jambon aux choux et vit l'homme aux cheveux blonds braquer sur son visage le regard de ses yeux noisette. Les yeux noisette, empreints d'une certaine pureté, ne désiraient rien d'autre que la plaindre et lui demandaient, à elle, de le plaindre.

— Pardonnez-moi, dit Darby.

Miss Dennis cligna des yeux sans comprendre.

— Pourquoi donc ?

— Nous parlions de vous.

Harry se redressa :

— Écoute...

Mais il n'accorda aucune attention à Harry. Et Miss Dennis ne savait pas que Harry était là. Elle percevait la douce caresse des yeux noisette et voyait les nets contours des lèvres de l'homme. Elle s'étonna de la soudaine tendresse qui la submergeait, s'étonna de s'apercevoir soudain que sa vie était morne et solitaire.

Et elle s'entendit murmurer :

— Je comprends ce que vous voulez dire. Les clients reluquent toujours les malheureuses serveuses.

— C'est vrai, n'est-ce pas ? Pourquoi faisons-nous cela ?

Elle oublia complètement qu'elle avait d'autres tables à servir. Elle sourit d'un air pensif.

— Quelquefois, les serveuses aussi reluquent les clients.

Ils n'entendirent pas le petit rire embarrassé de Harry, qui s'étrangla et se mua en toussotement.

Les lèvres de Darby remuèrent légèrement, comme s'il effleurait de la bouche le sourire de la serveuse.

— C'est peut-être simplement un jeu auquel nous nous amusons quand nous sommes malheureux. Qu'en pensez-vous ?

— Je vais y réfléchir, dit-elle avec une extrême candeur. Je vous donnerai ma réponse plus tard.

Elle s'écarta de la table et se recula un peu, sans le quitter des yeux. Puis un autre consommateur lui fit signe et elle s'éloigna, comme une personne marchant seule dans un bois sombre, à la recherche de quelqu'un.

— Ça alors ! dit Harry.

— Tu vois comme c'est facile ?

Mais il ne le pensait pas vraiment. Ces mots n'étaient qu'un son, la voix d'un ignoble saligaud qui badinait avec Harry. Les pensées, au-delà de la voix, étaient de pures pensées vouées à Miss Dennis, de douces pensées un peu tristes, où il la plaignait et souhaitait être en mesure de lui procurer du bonheur.

Harry disait, avec une curieuse admiration :

— Qu'est-ce qui t'arrive ? Te voilà un dragueur de première, tout à coup.

Ses pensées demeurèrent avec Miss Dennis. Seule sa voix jouait avec Harry.

— J'ai suivi des cours par correspondance.

— C'est vrai ? Donne-moi l'adresse, je m'inscris dès demain. Je vais te dire : c'était impeccable. Parfaitement amené. Impossible de trouver plus raffiné.

Le dernier mot fut comme un brusque tournant sur la route. Raffiné. Ce fut un tournant en épingle à cheveux qui l'emporta loin de Miss Dennis, loin de tout, tandis qu'il se souvenait de l'allure raffinée et de la voix raffinée de Pete Lanson.

— Oh ! si, dit-il. Nous avons connu, toi et moi, des dragueurs plus raffinés.

Harry se coupa un morceau de viande rouge. Il le mit dans sa bouche, le mâchonna rapidement, l'avala et entreprit de se beurrer un petit pain.

— Qui, par exemple ?

Il fallait y aller en souplesse. Progressivement. Conduire la conversation de telle sorte que Harry finisse par prendre lui-même les rênes. Harry avait été très proche de Pete Lanson.

— Eh bien, dit Darby, tu te rappelles de Charley Webster ?

— Cette grande gueule ? Il avait autant de subtilité qu'un rouleau compresseur.

— Et Frank Gannon ?

Harry secoua la tête avec énergie.

— Un rustre. Il croyait faire peur aux filles. — Comme s'il dirigeait un jeu de devinettes, il ajouta : — Vas-y, essaie encore.

Darby adressa un petit sourire au plafond du restaurant.

— Voyons un peu...

Il y eut une pause. Une longue pause, que Harry finit par interrompre :

— Moi, je vais te dire qui. Le plus doué de tous, c'était Pete Lanson.

Darby laissa son sourire s'élargir. Son lent hochement de tête exprimait un accord total. Puis il se dit qu'il valait mieux le tempérer un peu ; il pencha la tête d'un air dubitatif et murmura :

— Pas si vite. Attends un peu...

— Rien du tout. Ce Pete était un as, crois-moi. Chacun de ses mouvements était du pur velours. Dès son premier « hello », il les avait dans la poche.

Avec seulement une pointe de curiosité :

— A quoi cela tenait-il ?

Harry haussa les épaules.

— Au don inné. Comme Musial pour le base-ball. Comme Ray Robinson pour la boxe. Ça vient naturellement. C'est sans effort, et c'est ça qu'elles aiment.

— Et ça, Pete l'avait ?

— Et comment, qu'il l'avait ! Il faisait chavirer les cœurs.

— Oui, mais est-ce que les cœurs restaient chavirés ? Autrement dit, est-ce que les femmes gardent le souvenir de ces séducteurs raffinés ?

Harry réfléchit un moment.

— Elles n'oublient pas facilement.

— Tu penses qu'elles rêvent toujours de lui ?

— Sans doute. Ou alors, quand elles vont au cinéma, elles le voient à la place du type sur l'écran. Le séduisant jeune premier.

— Ce sont les idiotes qui se contentent de cela. Les plus dégourdies, elles, voudraient l'avoir en chair et en os.

Harry eut un gloussement assez âpre. Plein de sous-entendus.

— Une chose dont je suis sûr, c'est que Pete serait disponible.

— Il n'est pas marié ?

— Il ne se mariera jamais. A moins que...

— A moins que quoi ? l'interrompit vivement Darby, comme s'il décochait un trait.

Assis tout raide sur sa chaise, il attendait la réponse de Harry. Il voyait l'étrange lueur dans les yeux de Harry. Et il se demandait si Harry savait. Après tout, dans ce genre de situation, tout le monde était au courant sauf le mari. Il pensa au vieux dicton : « Le mari est toujours le dernier à savoir. »

Brusquement, il lui fut égal que Harry fût ou non au courant. Il ne regardait même pas Harry.

Il regardait au-delà de la rangée de tables et voyait Miss Dennis, debout près de la fenêtre donnant sur Chestnut Street. Derrière la fenêtre, dans le triste ciel gris, le soleil avait réussi à percer et dardait sur la vitre un aveuglant rayon qui altérait les cheveux châtain clair de Miss Dennis. Qui changeait la couleur de ses cheveux, les rendait blond platiné.

Darby frissonna. Il se rappelait ce moment inquiétant, la nuit précédente, quand les cheveux de Vivian avaient semblé changer de couleur, passant du brun foncé au blond argenté. Or, blond argenté, ce n'était jamais qu'une autre façon de dire blond platiné.

Il se dit qu'il avait intérêt à abandonner cette obsession du blond platiné. Cela n'avait certainement rien à voir avec la brûlante question de l'infidélité de sa femme.

A cet instant, il entendit quelqu'un rire doucement. Il leva les yeux et vit que c'était Harry.

— Je me rappelle, gloussa Harry. Une fois, au lycée, Pete a couché avec la femme du directeur.

Darby sourit, mais seulement avec les lèvres. Ses yeux étaient sans expression. Ses yeux, fixés au-delà de Harry, ne voyaient rien. Mais d'autres yeux, au fond de son cerveau, contemplaient l'agréable spectacle de l'assassinat de Pete Lanson.

CHAPITRE IV

Lorsqu'il quitta son bureau, à cinq heures et quart, il neigeait. Pendant le trajet en métro aérien, il observa la rapidité croissante des flocons. Bientôt, pensa-t-il, ce serait un vrai blizzard.

A six heures moins dix, il introduisait sa clef dans la serrure et ouvrait la porte d'entrée, heureux à l'idée de se retrouver dans une maison chauffée, à l'abri du vent cinglant et de la neige.

Pourtant, chose étrange, alors même qu'il retirait son pardessus, l'envie le prit de le garder sur lui et de ressortir. Il ne voulait pas en analyser la cause, ni chercher s'il y en avait une ; simplement, il se sentait d'humeur à aller se promener dans la tempête de neige.

Vivian entra dans le living-room, lui dit bonjour et lui annonça que le dîner serait prêt d'ici quelques minutes. Il hocha la tête, ce fut tout. Il la regarda à peine. Mais il écouta attentivement le bruit de ses pas tandis qu'elle retournait à la cuisine. Comme si chaque bruit qu'elle faisait avait une signification.

Parce que, désormais, il lui fallait surveiller de très près chacun des gestes de Vivian. Écouter d'une oreille attentive. L'observer comme un vautour.

La garce ! La misérable, la perfide petite traînée !

Il fut pris de l'irrésistible envie de provoquer une explication sur-le-champ. Comme s'il avait toutes les preuves en main, à sa disposition. Comme s'il avait assisté, de ses propres yeux, au sale tour qu'elle lui avait joué.

Il s'assit sur le divan, prit le journal du soir et tenta de concentrer son attention sur les gros titres. En vain. Il pensait à la nuit précédente, à la façon dont elle lui avait lancé ce regard qui disait : « J'ai envie de toi, j'ai envie de toi. » Alors qu'en réalité, elle se moquait de lui et pensait : « Bon, allez, je vais essayer d'être vraiment gentille pour qu'il continue de croire qu'il est le seul homme dans ma vie. »

Il se demanda ce qui le retenait de se précipiter dans la cuisine pour lui briser les os.

A cet instant précis, il l'entendit qui l'appelait. Le dîner était prêt.

Tremblant, il se mit debout. Il s'adjura de se détendre, de garder son sang-froid. Après bien des efforts pour se maîtriser, il parvint à allumer une cigarette. Il sortit alors du living-room et traversa le hall. Comme n'importe quel mari allant dîner avec sa femme.

Le repas dura trente minutes, pendant lesquelles ils se contentèrent de manger en écoutant la musique que diffusait la radio. Mais de temps en temps, il jetait un coup d'œil par-dessus son assiette, dans l'espoir de surprendre un indice sur le visage de Vivian. Un regard furtif, peut-être, pour voir s'il soupçonnait quelque chose ; ou peut-être, dans ses yeux, une expression distante montrant qu'elle aurait préféré partager son dîner avec un autre.

Mais il la voyait seulement manier avec énergie son couteau et sa fourchette, toute au plaisir de son repas.

Le dîner terminé, il lui proposa de l'aider à faire la

vaisselle. Dans le seul but de rester dans la cuisine pour la surveiller.

Il l'écouta avec attention décliner posément son offre :

— Non, merci. C'est très gentil, mais tu dois être fatigué. Tu as eu une rude journée.

Il fronça les sourcils.

— Comment le sais-tu ?

Toujours aussi calme, elle répondit :

— Tu m'as dit toi-même qu'on vous faisait trimer dur en ce moment. Que tu travaillais comme un nègre.

Son froncement de sourcils s'accentua.

— Quand ai-je dit cela ?

— Cette nuit. — Juste l'ombre d'un sourire. — Tu ne te rappelles pas ?

Il battit des paupières et reprit son expression normale. Mais ses yeux étaient durs comme de la glace.

— Si, je me souviens. Et alors ?

Elle haussa les épaules.

— Rien.

Nouveau haussement d'épaules. Il se détourna pour sortir de la cuisine. Ce fut comme si un hameçon le harponnait et le tirait en arrière lorsqu'il entendit Vivian ajouter :

— Sauf que je ne t'ai pas cru.

Il se retourna vivement, la bouche ouverte, mais s'aperçut qu'il ne savait que dire. Il pivota sur ses talons et sortit de la pièce.

Dans le living-room, il alluma la télévision et tenta de suivre ce qui se passait sur l'écran, tenta de rire des pitreries de deux hommes affublés de costumes à carreaux et de chapeaux de paille. Ils faisaient de leur mieux pour être drôles.

Puis le programme changea et ce fut une émission

de jeux, l'une des rares qu'il appréciât d'habitude ; mais ce soir-là, il ne la regarda même pas. Il contemplait le plancher. Il entendit Vivian entrer et s'asseoir à l'autre bout du divan. Il continua à contempler le plancher.

De nouveau, le programme changea. Une émission de variétés, avec des chanteurs et des danseurs.

Il entendit le speaker annoncer qu'il était vingt-deux heures trente. Il se leva du divan, sortit dans le hall et prit son pardessus dans le placard. D'un geste sec, il enfila les manches, le boutonna vivement et se dirigea vers la porte d'entrée.

Il trouva sur son chemin, en un éclair, les cheveux bruns, le visage pâle et la robe bleue de Vivian qui lui bloquait le passage.

Les mains sur les hanches, elle dit :

— Peut-on savoir où tu vas ?

— Dehors.

Le ton était aussi sec et définitif que le mot.

— Où ? glapit-elle.

Sur le moment, il fut incapable de parler. Puis, la tête projetée en avant, il lui cria :

— Je vais me promener. Tu permets ?

Elle refoula sa réponse et se contenta de le toiser des pieds à la tête. Puis, d'un signe du pouce pardessus son épaule, elle indiqua le blizzard, dehors, et dit :

— Tu veux me faire croire que tu vas te promener ? Par un temps pareil ?

Il regarda le carreau de la porte, derrière elle, et vit la blanche fureur de la tempête de neige, qui faisait rage et semblait l'appeler.

— J'aime me balader dans la neige, dit-il. Qu'y a-t-il de mal à cela ?

Elle ne répondit pas. Ses yeux, à la manière de deux

vrilles, tentaient de percer la tête de Darby pour voir ce qui se passait à l'intérieur.

D'une voix sèche comme un coup de poignard, il dit :

— Je veux simplement sortir de cette maison un moment.

— Pourquoi ?

— Pourquoi ? — Il imita son intonation avec une grimace méprisante. — S'agirait-il d'un marché entre nous ? Faut-il que je donne mes raisons par écrit ?

Elle prit une profonde inspiration et ferma les yeux un instant. Les lèvres étroitement serrées, elle dit avec un calme menaçant :

— Retire ton manteau.

— Quoi ? — Il recommençait à crier. — Qu'est-ce que ça signifie ?

— Tu m'as entendue : je t'ai dit de retirer ton manteau. Tu ne sortiras pas d'ici.

Il tiqua, stupéfait : de toute évidence, il y avait un hiatus quelque part. La situation était apparemment en train de se renverser.

Mais cette impression ne dura qu'un instant. Il la rejeta avec force et s'avança vers la porte.

Vivian refusa de s'effacer.

— Laisse-moi passer, dit-il, ou je te flanque par terre.

Elle ne bougea pas.

— Très bien, murmura-t-il entre ses dents. Tu l'auras voulu.

Il continua d'avancer, en se disant qu'il allait y avoir une collision. Et il s'en moquait. Il s'aperçut que l'idée de heurter Vivian et de la renverser lui plaisait plutôt. Mais, juste au moment où il l'atteignait, elle tendit vivement les bras et lui administra une violente bourrade.

Il faillit tomber. Le mur l'arrêta. Il s'y adossa, quelque peu ahuri, et regarda Vivian. Il vit ses yeux étincelants, sa poitrine haletante.

— Et maintenant, s'emporta-t-elle, tu vas cesser ce petit jeu. Tu vas me dire une fois pour toutes de quoi il retourne.

Sans bouger de sa place, il tentait de se frayer un chemin à travers un épais brouillard tandis qu'une voix brutale, au fond de lui-même, lui disait qu'il ne savait pas exactement de quoi il retournait.

— Dis-le moi, exigea-t-elle. J'ai le droit de savoir ce qui se passe.

Il trébuchait dans cet étrange brouillard qui, d'un seul coup, disparut ; alors tout redevint clair, d'une parfaite netteté. Elle était astucieuse, pas de doute : sa manifestation de rage avait presque réussi à masquer sa crainte. Mais maintenant qu'il l'observait, un fin sourire aux lèvres, il voyait dans ses yeux la crainte et le désespoir.

Il se détourna et entra dans le living-room, mais il ne retira pas son pardessus. Il se mit à jouer machinalement avec une boîte d'allumettes et une cigarette, toujours son mince sourire sur les lèvres.

Vivian le suivit. Il demeura le dos tourné, tira sur sa cigarette d'un air détaché et murmura :

— C'est vraiment dommage que tu te sois mise en colère.

— Je ne me suis pas mise en colère. — Fiévreuse, elle ajouta : — Ne vois-tu pas ce qui se passe ? J'essaie simplement de t'atteindre, c'est tout.

— M'atteindre ? — Il se tourna vers elle. Son sourire avait faibli. — Qu'entends-tu par là ?

— Tu es à un million de kilomètres !

— Vraiment ? — Il haussa les sourcils. — C'est bien possible. Je me demande qui m'a envoyé à cette distance.

— C'est ce que je me demande, moi aussi.

Il serra les lèvres. Son sourire s'était effacé.

— Tu n'as pas besoin de chercher très loin.

Elle recula d'un pas, médusée, comme s'il l'avait piquée avec une épingle.

— Tu veux dire que c'est moi ? Aurais-je fait quelque chose ? — D'un air de défi : — D'accord, vidons l'abcès. Que me reproches-tu ?

— Inutile d'en parler, dit-il. Ce serait une perte de temps. Tu te contenteras de nier.

Elle fit un autre pas en arrière. Les yeux écarquillés, elle fixait le tapis sans comprendre. Puis elle fronça les sourcils. Finalement, elle le foudroya du regard et lança :

— Tu sais très bien que je n'ai rien fait. Qu'est-ce que tu essaies d'insinuer ?

Il s'approcha de la fenêtre, regarda dehors et susurra :

— Parlons plutôt du climat. Je trouve que le climat de Philadelphie est pourri. Si j'étais riche, je m'achèterais une maison en Floride.

— Réponds-moi ! cria-t-elle.

Il continua de regarder par la fenêtre et murmura doucement :

— L'hiver est une plaie pour les balayeurs de rues. Demain, ils devront déblayer la neige toute la journée.

Soudain, il s'isola mentalement de ce qui se passait dans la pièce et se représenta les équipes d'hommes âgés qui pelletaient la neige d'un geste las tandis que la neige continuait à tomber, rendant leur tâche sans fin. Mais ce n'était peut-être pas aussi pénible que cela. Peut-être qu'ils aimaient vraiment ce travail, qu'ils avaient plus de chance que tous les riches qui allaient en Floride pour échapper à la neige.

La voix coléreuse de Vivian le ramena brusquement à la réalité :

— Je vois clair dans ton jeu. Je sais ce que tu essaies de faire.

Il se tourna lentement pour la regarder, les sourcils haussés d'un air interrogateur, de nouveau le sourire aux lèvres.

— Tu te crois astucieux, fulmina Vivian, mais tu ne vas pas t'en tirer ainsi. Je sais que je n'ai rien à me reprocher. Mais je n'en suis pas aussi sûre en ce qui te concerne.

Les coins de sa bouche s'affaissèrent. Ses sourcils retombèrent.

— Moi ?

A pas lents, elle s'avança vers lui.

— Toi, oui.

Il avait les bras raidis à ses côtés, les poings crispés. Elle s'approcha tout contre lui.

— Tu as fait quelque chose dont tu te sens coupable, dit-elle. Et tu essaies de rejeter la faute sur moi.

Ce n'était rien de plus qu'une suite de mots, prononcés d'une voix basse, beaucoup plus calme que les furieuses exclamations qui avaient précédé. Pourtant, lorsqu'il entendit ces mots, leur force et leur poids lui firent l'effet d'un énorme rocher lui tombant sur le crâne. Il grimaça et ferma étroitement les paupières.

Il regarda l'écran noir de ses paupières baissées et il vit — sans arriver à croire qu'il le voyait vraiment — un visage se profiler sur l'écran.

Il n'aurait su dire à qui appartenait ce visage. Les traits étaient beaucoup trop vagues. Mais les cheveux étaient longs et ondulés, et il sut que c'était une jeune fille. Une blonde platinée.

— Oh ! non, gémit-il. Non.

En ouvrant les yeux il vit le visage altéré de Vivian, il sentit ses mains le secouer aux épaules, et il entendit sa voix :

— Qu'y a-t-il ? Pour l'amour de Dieu, qu'est-ce que tu as ?

Il la saisit par les poignets et la repoussa brutalement de côté, avec une violence qui la jeta à terre. Il n'entendit pas le choc, ni le cri de Vivian — un cri d'indignation, de douleur et d'effroi.

Son regard était vide de toute expression lorsqu'il sortit de la maison.

CHAPITRE V

La tête rentrée dans les épaules, il avançait lentement, bravant la tempête de neige. Il regarda avec un petit sourire ses pieds chaussés de mocassins norvégiens à semelle épaisse, garantis imperméables, puis il resserra son écharpe autour de sa gorge et boutonna ses gants. Il se dit qu'il était parfaitement équipé pour cette agréable balade dans la neige. Il allait juste faire un petit tour, jusqu'à ce qu'il soit fatigué, puis il rentrerait se coucher.

Il leva la tête pour s'orienter dans le tourbillon de flocons, essayant de calculer depuis combien de minutes il était parti. Mais cette rue ne lui était pas familière et il n'arrivait pas à évaluer le temps. En outre, le cadran de sa montre était couvert de givre et il ne pouvait lire les chiffres. Il approcha son doigt du cadran pour l'essuyer mais, à cet instant, quelque chose de plus important attira son attention : une vive lumière au bout de la rue.

Il se dirigea vers la vitrine éclairée. Ce n'était qu'une confiserie. Pourquoi était-il important pour lui d'aller dans une confiserie ? Il ne se sentait certes pas d'humeur à manger des bonbons, et il avait des cigarettes dans sa poche. Peut-être avait-il simplement envie de se réchauffer. Pourtant, non : il était loin de grelotter. On était vraiment très bien, là, dans le blizzard.

Il entra dans la boutique. Elle était toute petite. Et elle était vide. Debout devant le comptoir, il examina l'assortiment de caramels et de sucres d'orge. Puis un minuscule vieillard apparut et lui demanda ce qu'il désirait.

— Je ne sais pas, dit-il.

Et il eut un sourire un peu triste, parce que ce n'était que trop vrai.

Le vieil homme haussa les épaules et, d'un petit geste d'excuse, indiqua la variété limitée de sa marchandise.

— Jetez un coup d'œil, murmura-t-il. Rien ne presse.

Le visage de Darby se durcit.

— Ne soyez pas ironique.

— Moi ? — Le vieillard parut se ratatiner encore. — Je ne suis pas ironique, monsieur. J'ai simplement dit...

— J'ai entendu ce que vous avez dit.

Le vieillard le jaugea du regard. Ses yeux las virent un homme plus jeune, vêtu d'un raglan et d'allure parfaitement respectable. Mais il était difficile de se faire une opinion. En plus, l'heure était tardive et il voyait cette personne pour la première fois.

— Qu'est-ce que vous regardez ? dit Darby d'une voix sourde, métallique.

Le vieil homme recula, apeuré.

— Non, dit Darby. Arrêtez.

— Monsieur, je vous en prie...

— Quoi, « je vous en prie » ? — Il fronça les sourcils, perplexe. — De quoi avez-vous peur ?

Le vieil homme déglutit avec peine.

— Monsieur, ce n'est qu'une petite boutique. Je ne

fais pas beaucoup d'argent ; juste de quoi vivre. Ma femme et moi...

— Votre femme ? l'interrompit Darby. Vous êtes marié ?

— Naturellement.

Et le vieillard se dit, avec une inquiétude renouvelée, que le monde d'aujourd'hui était décidément un monde désaxé où tout pouvait arriver.

Darby s'entendit demander d'une voix lente, circonspecte :

— Est-ce que votre femme vous trompe ?

Le vieil homme inspira profondément.

— Monsieur... Je vous en prie. Ma femme a soixante-huit ans.

— D'accord, dit Darby, mais elle n'en demeure pas moins une femme. Et elles sont rusées, les femmes. Croyez-moi, elles sont rusées comme des serpents. Elles connaissent tous les trucs. — Il leva les yeux et jeta un rire au plafond, un rire âpre et amer. — Elles vous arrachent le cœur, comme ça ! Et quand vient le moment de s'expliquer, qu'arrive-t-il ? Croyez-vous qu'elle reconnaît la vérité ?

— Monsieur. Monsieur...

— Ne m'interrompez pas, c'est important. Écoutez attentivement. Je sais de quoi je parle. Je vous dis qu'on ne peut pas y arriver, on ne peut pas lui faire admettre la vérité. Elle tient tête, comme Jeanne d'Arc. Elle me dit que j'ai la conscience coupable et que je cherche à rejeter la faute sur elle.

Le vieil homme fit un timide pas en avant.

— Écoutez, monsieur, si vous avez besoin d'un autre verre, il y a un estaminet...

— Qui a parlé d'estaminet ? D'ailleurs, je ne bois pas. Et je ne m'adonne pas au jeu. Je ne cours pas les filles. Alors où va-t-elle chercher cette histoire de culpabilité ? De quoi devrais-je me sentir coupable ?

Le vieil homme se sentait plus en sécurité, et par là même plus hardi. Il fit un autre pas en avant et indiqua une horloge murale.

— Il se fait tard. Il est l'heure de fermer.

Mais Darby ne l'entendit pas. Il avait les yeux clos et voyait de nouveau l'écran noir. Et le visage sur l'écran. La jeune fille. La blonde platinée.

Il voulut ouvrir les yeux. Mais apparemment, ses paupières ne fonctionnaient pas : il ne pouvait les soulever. Bon, dans ce cas, essaie autre chose : arrête d'y penser, libère-toi de cette vision. Libère-toi, pour l'amour du ciel, et reviens-en au problème de fond. Ne regarde rien d'autre que ce problème, froid et brûlant comme la glace : tu es marié à une femme qui couche avec un autre homme.

Le stratagème fonctionna : la blonde platinée disparut. Il parvint à ouvrir les yeux. Et, au même instant, il décida de régler le problème une fois pour toutes.

Il se dit qu'il n'y avait qu'une seule façon de le régler.

Il aurait bien voulu en trouver une autre, mais il n'y en avait pas. Rien que cette méthode, une simple et rapide transaction qui mettrait un terme aux coucheries.

— Monsieur, s'il vous plaît. Je voudrais fermer.

Là encore, il n'entendit pas. Son regard se posa sur deux gros annuaires, un gris et un jaune, posés sur une étagère près du téléphone. Il prit le volume gris, le feuilleta, l'ouvrit à la page qui l'intéressait. Puis il parcourut du doigt la liste de noms et finit par trouver celui qu'il cherchait : « Lanson Peter, pharmacien ».

L'adresse lui apprit que l'homme tenait une boutique dans le centre ville, au cœur des bas quartiers, du côté des sinistres immeubles de Eighth et de Race Street.

Il se dirigea vers la porte, que le vieillard lui ouvrit avec empressement. Une fois dehors, il s'aperçut que la neige avait cessé et que le vent était tombé.

Il marcha sans relâche, jusqu'au moment où il rencontra un taxi ; il le héla, grimpa dedans.

— Ramenez-moi à la maison, dit-il.

— Facile, dit le chauffeur. Dites-moi simplement où vous habitez.

Darby se pencha en avant, glissa de la banquette et tomba sur les genoux. Il poussa un juron et se remit en position assise.

— Où diable sommes-nous ? grommela-t-il.

— A Philadelphie.

— Ne faites pas le malin.

— Par une nuit pareille, il faut que je ramasse un poivrot ! se lamenta le chauffeur.

— Je ne suis pas ivre. Dans quelle rue sommes-nous ?

— Second Street. Numéro 2600.

— Vous êtes fou !

— D'accord, dit le chauffeur. Je suis fou.

Mais Darby, en regardant de plus près la rue et les immeubles, comprit qu'il se trouvait bien à l'extrémité de Second Street, près du grand carrefour de Front et de Leigh Street. Il avait parcouru une douzaine de kilomètres à pied.

— Déposez-moi à l'angle de Leigh et de Race Street, dit-il.

Le chauffeur fronça les sourcils.

— C'est là que vous habitez ?

Un long moment, il regarda le chauffeur d'un air déconcerté. Puis il grimaça un sourire.

— Oui, dit-il. C'est exactement là que j'habite.

Avec un haussement d'épaules, le chauffeur se retourna vers le volant et démarra. Le taxi tourna dans Front Street, descendit la rue, s'engagea dans Sixth Street, qu'il suivit jusqu'à Vine Street, puis il traversa Vine pour atteindre Eighth Street et, de là, Race Street. Tout en réglant la course, Darby jeta un coup d'œil à sa montre : il était trois heures passées.

Il se trouvait là au cœur même des bas quartiers. Sur le moment, il ne put les voir : la rue paraissait vide. Et puis il distingua les silhouettes, les vagues silhouettes blotties contre les murs sombres. Il vit les épaules tombantes, les têtes baissées, certains d'entre eux assis sous des portes cochères, les coudes sur les genoux.

Comme des morts, curieusement capables de respirer et de bouger, alors qu'ils étaient morts depuis longtemps. Il les regarda, se demandant vaguement ce qu'ils faisaient là, dehors, par ce temps glacial. Il ne se rendait pas compte que son pardessus était ouvert et qu'il n'avait plus ses gants — les gants qu'il avait ôtés dans le taxi et oubliés sur la banquette. Il remonta Eighth Street vers le nord, inconscient du froid, uniquement conscient de la proximité des murs qui bordaient Skid Row.

La proximité de ces murs avait quelque chose de réconfortant. C'étaient des façades de restaurants, dont les devantures mettaient le passant au défi d'entrer manger un morceau, s'il se sentait le courage d'avaler la nourriture. Et des murs d'asiles de nuit, à un *quarter* le lit — sans supplément pour les punaises. Des façades de missions qui procuraient un bol de soupe et le salut éternel, et des murs couverts d'affiches bariolées invitant à entrer voir, pour seulement vingt *cents,* un film tourné douze ans auparavant. Il y avait toutes ces façades, et d'autres façades d'autres immeubles non signés, dont les briques cassées laissaient apparaître deux étages de pièces où il n'existait pas de frontières, pas de lois.

— M'sieur...

Il se retourna et vit la gorge ridée, le visage violacé, la crinière de cheveux gris. Et les yeux, sans couleur particulière, qui semblaient avoir du mal à fixer.

— M'sieur, je ne veux pas de café.

Tout près, sous une porte cochère, un rire éclata.

L'homme au visage violacé n'y prêta aucune attention.

— Je ne veux pas de café, je ne veux pas de repas. Je ne veux même pas de tickets de métro.

Le rire reprit, semblable à une quinte de toux.

— Je vais vous le dire, ce que je veux. Je veux un verre de vin.

Il regardait les mocassins norvégiens, qui valaient pas moins de dix-neuf dollars soixante-quinze. Et puis le beau costume de tweed, tissé en Écosse et coupé par *Dominic* pour cent quinze dollars. Il regardait l'homme qui portait un beau raglan et qui appartenait à Chestnut Street.

Darby lui donna cinquante *cents.* Il le regarda s'éloigner, puis il entendit l'autre se dresser sous la porte cochère et dire d'une voix sérieuse, d'une voix qui ne riait plus :

— Pourrais-je en profiter, moi aussi ?

C'était un jeune homme décharné, à la figure louche, avec un œil de verre mal ajusté. L'autre œil était étroit et méfiant, comme l'œil d'un renard.

— Allez, je vous ai vu lui donner un demi-dollar. Vous avez plus que ça.

Il se rapprocha. Son œil valide bougeait à peine mais surveillait les deux côtés de la chaussée, les deux extrémités de la rue.

— N'approchez pas, dit Darby, en se préparant à l'attaque.

Le jeune homme hésitait. Il avait la main près de la poche où se trouvait le couteau, mais son autre poche contenait ses papiers de mise en liberté surveillée et il se demandait si ça valait la peine de courir le risque.

— Je voulais pas vous froisser, m'sieur.

— C'est bon, dit Darby en lui tendant une pièce. Voilà vingt-cinq *cents*.

— Merci.

Darby se remit en marche, revint sur ses pas :

— Où se trouve la pharmacie de Lanson ?

Et il se demanda ce qui lui avait fait oublier l'adresse inscrite dans l'annuaire.

— Lanson ? — L'œil valide le fixa. — Ah ! ouais. Pete. — Le bras décharné indiqua le nord. — A cinq cents mètres, prenez à droite. C'est juste à l'angle.

Un chat sortit d'une ruelle, observa l'épaisse couche de neige, puis regagna sa cachette. Plus loin, un gros homme haletant, portant un tablier, surgit d'un restaurant et exhala de l'air froid en contemplant le ciel avec langueur. Comme si les rêves eux-mêmes étaient là-haut, beaucoup trop loin. Darby dépassa le gros homme, traversa Vine Street et vit trois hommes de couleur en képi, les mains dans les poches de leur tunique. Ils étaient en rang, appuyés contre le mur, et il crut qu'ils dormaient debout, jusqu'au moment où il vit leurs yeux ouverts et leurs lèvres en mouvement.

Il n'entendit qu'une partie de la conversation :

— ... feras pas croire que cette poulette était bourrée. Pas à moi.

— Je le sais, j'y étais.

— Tu étais bourré, alors comment tu pourrais le savoir ?

Derrière une fenêtre éventrée, une radio diffusait de la musique ; puis un juke-box prit le relais, dans un café où il n'y avait qu'un seul client. Il vit le client mettre une autre pièce dans l'appareil et il sentit que le juke-box allait jouer le même air. Peut-être qu'il le jouait depuis des heures, parce que c'était cet air-là et pas un autre. Une chanson sur les fleurs qui ne renaîtront jamais, parce que le printemps jamais ne reviendra ; car tu es partie et moi je suis seul.

Il s'éloigna de la chanson triste, tourna au coin de la rue et vit l'enseigne au-dessus de la devanture, l'enseigne qui proclamait : *Droguerie de Pete, Prix Réduits.*

La vitrine était obscure mais, sur le pourtour, la diffuse lueur verte d'un néon révélait des pyramides de médicaments et des pancartes annonçant que les prix étaient écrasés : regardez ça, soixante-neuf *cents* seulement, deux boîtes pour le prix d'une. La devanture semblait beaucoup trop petite pour toutes les marchandises exposées, et pourtant l'assortiment complet était là. Et toutes représentaient des occasions à saisir.

Il regarda à travers la porte en verre et il vit que la boutique était spacieuse, les produits bien empilés, le plancher balayé. Tout était parfaitement en ordre, prêt pour les clients du lendemain. La boutique semblait se vanter tranquillement de faire d'excellentes affaires. Darby pensa à l'argent qui rentrait dans la caisse, à l'homme avisé qui se tenait derrière le comptoir, avec un sourire naturel, et qui suggérait d'une voix satinée de prendre un flacon supplémentaire de ceci, d'essayer cette nouvelle marque de lames de rasoir, d'acheter le tube géant qui, à long terme, revient moins cher.

Il aurait bien voulu qu'il ne soit pas trois heures et demie du matin. Il aurait bien voulu qu'il soit neuf ou dix heures du soir, l'heure de fermeture, afin d'être seul avec l'homme dans la boutique. Il savait que ce serait rapide, que l'homme n'aurait pas le temps de se rendre compte de ce qui lui arrivait. Ce serait rapide et sans bavure, une simple transaction de plus dans la boutique propre où tout était net et bien agencé. Le plancher récuré à fond, tout bien en ordre.

Comme ce soir, quoi. Et comme demain. Mais en pensant au lendemain, à ce qu'il projetait de faire, Darby éprouva une certaine tension — car il en était arrivé au stade où il n'avait plus le choix. Il devait aller jusqu'au bout. La tête lourde d'anxiété, il se demanda comment s'y prendre. S'il se débrouillait bien, il n'aurait pas à affronter un jury : le crime ne serait jamais élucidé et on l'attribuerait à l'un des pauvres hères du quartier. Il se demanda s'il possédait ce talent particulier, s'il saurait procéder avec suffisamment de finesse et de précision, au quart de seconde près.

Tout d'abord, la réponse fut non ; il n'avait aucune expérience en la matière. Il n'était même pas un novice. Pourtant, au milieu de sa réponse négative, un fil métallique émit des étincelles qui disaient oui, des étincelles qui grandirent et prirent le dessus. Il s'aperçut que la ruse viendrait automatiquement. Comme la ruse d'un animal incapable de survivre à moins de supprimer une proie bien précise. En définitive, c'était donc un oui, un oui catégorique. Et cela ajoutait encore à la tension qu'il ressentait.

Parce que cela lui retirait l'ultime excuse pour ne pas se lancer à l'eau. Désormais, aussi sûrement qu'il avait les pieds dans de la neige réelle, la conclusion s'imposait : il irait jusqu'au bout.

L'irrévocabilité de cette décision l'effraya quand même un peu. Il se détourna de la vitrine, comme si le simple fait de regarder à l'intérieur de la boutique était déjà un forfait en soi. Comme si la rue était trop déserte, trop sombre, le silence trop suffocant. Avec anxiété, il marcha vers le coin de la rue, désireux de voir quelqu'un, n'importe qui, désireux de fuir les profondeurs solitaires où il avait pour tout compagnon un type bizarre, aux cheveux blond paille, vêtu d'un raglan.

Il contourna l'angle et vit les trois hommes de couleur. Il vit d'autres hommes de l'autre côté de la rue, encore d'autres un peu plus loin — et, ici et là, une femme, ivre de tristesse ou ivre de gaieté — ou tout simplement un peu ivre, juste de quoi en avoir marre de tout. Il continua à descendre la rue, en essayant d'entrer en contact avec les visages. Mais ils ne le voyaient pas. Jusqu'au moment où une femme aux yeux rougis et au nez cassé le toisa avec une morne rancune, en lui disant avec les yeux : Alors, on visite les bas quartiers ? Retourne donc d'où tu viens.

Il avait besoin, terriblement besoin d'un contact, mais il ne pourrait le trouver ici, sur les visages de Skid Row. Il n'avait rien à dire à ces gens : leurs yeux étaient trop vitreux ou trop embrumés par l'alcool. La seule chose qu'ils attendaient de lui, c'était — au mieux — une aumône. En outre, ils le considéraient comme un quelconque badaud bien habillé, en vadrouille dans un monde qu'ils prenaient au sérieux. Parce qu'ils étaient bien obligés de le prendre au sérieux.

Dans Race Street, il vit les lumières oranges et mauves d'une boîte de nuit. Il n'y avait personne à la porte, personne pour lui réclamer une carte de membre. Du moment qu'il avait de l'argent sur lui, il était le bienvenu. Il entra. L'endroit était d'un standing légèrement plus élevé que la moyenne des cabarets du quartier. Mais, là encore, il ne vit aucun visage proposant un contact. Pour la plupart, les hommes et les femmes allaient par couples ; les rares solitaires tenaient une réunion privée avec eux-mêmes et n'avaient pas l'air de vouloir qu'on les dérange.

Histoire de faire quelque chose, il mit une pièce dans un distributeur et reçut en échange un paquet de cigarettes. Il se mit à lire la notice imprimée : « ... ni de retirer le contenu de cet emballage sans détruire ledit timbre, sous peine des sanctions prévues par la loi en pareil cas. »

Il la relut. Il l'examina, comme si c'était quelque chose d'important qui méritait examen. Il vit les mots sous la cellophane, les mots « détruire » et « sanctions » ; et soudain, il se représenta, en une seule scène mélangée, l'acte de destruction et l'application de la sanction.

Il fallait qu'il parle à quelqu'un. Il fallait qu'il entende une voix pour lever le rideau noir, pour lui permettre de retrouver une vision normale. Les jambes flageolantes, il suivit un sentier en zigzag vers le bar, en se demandant ce qu'il ferait une fois arrivé. Il vit alors, le long du mur opposé, les trois cabines téléphoniques.

A cet instant, il comprit ce qu'il devait faire. Une lumière éblouissante lui montrait le chemin. C'était tellement simple, tellement logique. Il entendrait sa voix, la seule voix qu'il avait besoin d'entendre. Son « allô ? » endormi à quatre heures moins le quart du matin. La voix de Vivian.

Elle lui dirait de rentrer à la maison, ils parleraient

de tout cela et tout rentrerait dans l'ordre. Elle serait en mesure de lui prouver qu'il faisait fausse route, qu'il n'y avait pas de tierce personne, mais simplement elle et son mari. Elle lui prouverait qu'il en avait été ainsi depuis le début, qu'il en était encore ainsi et qu'il en serait toujours ainsi. Elle l'aiderait à découvrir la raison de ces soupçons absurdes et de ces pensées extravagantes, ces idées insensées qui avaient failli le conduire à un acte insensé.

La cabine téléphonique la plus proche était un lieu sûr, un chaud et doux refuge. Il entra et ferma la porte, et il eut un immense sanglot silencieux, un sanglot de soulagement intense, en songeant que tout allait bien à présent, vraiment bien. Il inséra la pièce dans l'appareil et composa le numéro.

La ligne était occupée. C'était impossible. Pas à cette heure-ci.

Il se dit qu'il avait dû se tromper de numéro. Il inséra la pièce et recommença.

Il essaya encore. Et encore, et encore, et encore. Il écoutait ce signal occupé qui lui vrillait le cerveau et le faisait grincer des dents, comme si la vrille était chauffée à blanc.

Il continua d'essayer le numéro jusqu'à ce qu'il ait mal au doigt de tourner le cadran. Les aiguilles de sa montre indiquaient quatre heures dix.

Il ouvrit la porte de la cabine. Au moment où il allait se glisser dehors, il vit émerger de la cabine voisine un pardessus en poil de chameau, il vit des cheveux noirs, lisses mais pas gras, il observa la démarche aisée de l'homme tandis qu'il dépassait le bar et se dirigeait vers la porte. Puis l'homme se tourna à demi pour saluer quelqu'un d'un geste de la main, et Darby reconnut le profil, la ligne pure des sourcils, du nez et des lèvres.

Ces lèvres qui, seulement quelques instants plus tôt, parlaient au téléphone pour dire bonsoir à Vivian.

Les lèvres souriantes de Pete Lanson.

CHAPITRE VI

Il faisait très froid dans la cabine téléphonique, beaucoup plus froid que dans les rues au mois de janvier. Il mit une cigarette entre ses lèvres, gratta une allumette, regarda l'allumette s'enflammer. La flamme lécha ses doigts serrés mais, sur le moment, il ne la sentit pas. Puis la brûlure vint et il lâcha l'allumette. Il en gratta une autre, alluma la cigarette, sortit de la cabine et se dirigea vers la porte. C'est alors qu'il vit la blonde platinée.

Elle était assise seule, dans le coin faiblement éclairé où toutes les autres tables étaient inoccupées. Devant elle, un verre vide attendait qu'on le remplisse de nouveau ; elle était assise là, patiemment, tout comme le verre qui attendait que quelqu'un vienne le remplir.

Elle n'était pas très maquillée : juste du rouge à lèvres et un peu de poudre. Ses cheveux blonds platinés étaient flous mais disciplinés sur les tempes, là où la brillantine les maintenait en arrière, derrière les oreilles. Elle portait des pendeloques recourbées aux extrémités, comme pour imiter la tranquille arrogance de son nez retroussé et la courbe ascendante de ses seins bombés.

Ses yeux gris-vert encourageaient Darby à bien la regarder, à prendre tout son temps. Ce ne serait pas un achat ordinaire, disaient ses yeux, même à plus de quatre heures du matin, à un moment où les affaires ont tendance à se ralentir. Voilà la marchandise. A prendre ou à laisser.

D'un pas lent, hésitant, il s'approcha de la table, en se demandant pourquoi elle se levait comme si elle avait l'intention de partir. Il ne savait pas que c'était le coup classique pour réduire le client à merci, pour éveiller le désir. Et pour lui laisser voir le reste par la même occasion, depuis les seins jusqu'aux chevilles. Le velours jaune et lustré qui moulait une hanche succulente, puis, de dos, la rondeur qui était juste ce qu'il fallait, ni trop grosse ni trop petite.

Mais naturellement, elle ne partait pas. Elle alla simplement au distributeur de chewing-gum. Tout en mettant une pièce, elle tourna légèrement la tête pour sourire au verre vide. Puis elle leva le menton et le sourire fut pour Darby.

Il retira son raglan, le posa sur une chaise et s'assit à la table. Il leva les yeux et la regarda placer sur sa langue une plaquette de chewing-gum, la rouler lentement dans sa bouche, tout en glissant vers la table d'une démarche ondulante.

Elle s'assit sans mot dire. Et resta là à regarder son verre vide.

Un serveur s'approcha en se grattant la nuque. Au bar, quelqu'un éclata d'un rire sonore, qui atteignit les aigus et y demeura. D'autres se mirent de la partie et le bar fut soudain très bruyant.

Dans le brouhaha, elle dit d'une voix distincte, comme si le serveur n'était pas dans le coup :

— Je prendrai un double rye. — Elle précisa la marque, de qualité supérieure. — Avec du ginger ale.

— Mélangés ? s'enquit le serveur.

— Oui. Mélangés.

— Et vous, monsieur ?

Machinalement :

— La même chose.

Le serveur s'éloigna. La fille regardait la cigarette de Darby ; il sortit son paquet, lui en alluma une, observa la façon dont elle inhalait la fumée et la rejetait par le nez. Un exploit.

Puis, sans le regarder, comme si elle se parlait à elle-même, elle dit :

— Je ne sais pas.. On dirait que ça sent le roussi.

— Le roussi ?

Elle eut un sourire trouble, languide. Elle retira de sa bouche la boule de chewing-gum et la mit dans le cendrier.

— Ils disent tous ça, monsieur. Ils font semblant de ne pas savoir ce que c'est, la rousse.

— Je ne sais pas ce que c'est.

D'un air détaché, elle examina le col blanc, le costume en marengo.

— C'est possible, après tout. — Son sourire faiblit. — La rousse, expliqua-t-elle, c'est la flicaille. Vous savez ce que c'est, la flicaille ?

— Les flics sont les représentants de l'ordre.

— Tout juste, Auguste.

— Pourquoi Auguste ?

— Vous avez l'air vieux jeu.

— Je le suis. — Il contempla le cendrier. — Rien qu'un type vieux jeu nommé Auguste.

— Moi, c'est Terry.

Il garda les yeux fixés sur le cendrier.

— Hello, Terry.

Il tira sur sa cigarette pendant quelques instants, puis elle dit :

— Je suis bien roulée, pas vrai ?

Il acquiesça d'un signe de tête.

— Vous êtes preneur ?

Avant qu'il ait pu répondre, le serveur arriva avec les consommations. Au bar, le brouhaha avait diminué et quelques clients disaient bonsoir à Maxie le barman. Darby régla les boissons et garda le silence jusqu'à ce que le serveur eût repris sa place derrière le bar. Alors, il dit :

— Où allons-nous ?

Mais elle sirotait son drink. Ce drink était meilleur que tout au monde — et, par conséquent, plus important. Elle garda le verre à sa bouche jusqu'à ce qu'il fût à moitié vide, puis elle se passa la langue sur les lèvres et murmura :

— C'est si bon.

Elle répéta ces mots, avec un doux ronronnement, comme si elle avait la tête sur un oreiller, dans une chambre bien chauffée où les accents nonchalants de saxophones se mêlaient aux vapeurs de l'encens.

Elle abaissa son verre, lui sourit, le porta de nouveau à ses lèvres et le vida.

— Vous voulez le mien ? proposa Darby.

Ses yeux se plissèrent brusquement. Elle était là pour le boulot et elle pencha la tête pour le jauger.

— Dites donc, vous seriez pas de la brigade des mœurs, des fois ?

Il haussa les épaules.

— Je ne suis pas en mesure de vous prouver le contraire.

— Alors, désolée. Je ne peux pas prendre de risques.

Elle prit quand même le verre posé devant lui. Elle le vida en trois longues gorgées et le reposa sur la table.

Darby se pencha vers la chaise sur laquelle était plié son raglan.

— Attendez une minute. — Elle se tapotait le menton d'un air indécis. Enfin, elle dit : — Allons, vous avez une tête qui me revient. Nous allons courir le risque.

Il l'aida à endosser son manteau de castor teint, puis il enfila son raglan et ils sortirent.

Ils marchèrent jusqu'à Franklin Square, à l'est ; elle lui dit que sa chambre n'était pas loin et qu'ils n'auraient pas besoin de taxi. Ils longèrent les maisons rouge sombre qui bordaient Franklin Square, au nord, puis ils parcoururent deux blocs et descendirent une rue très étroite, presque une ruelle. Ils franchirent une porte qui s'ouvrait sans clef, gravirent une volée de marches et suivirent un couloir qui n'avait pas de couleur et pratiquement pas de lumière.

Elle le fit entrer dans une pièce qui ne semblait pas appartenir à cette maison minable. C'était une chambre vieillotte, à plafond haut, qu'elle avait fort bien aménagée, avec de nombreuses glaces, de grands meubles et des gravures accrochées haut sur les murs aux couleurs vives. Le lit, super long et super large, était recouvert d'un couvre-pieds en satin jaune qui tombait sur les côtés.

— Mettez-vous à l'aise, dit-elle. J'en ai pour une minute.

Elle ouvrit une porte donnant sur la salle de bains. Elle laissa la porte entrebâillée, de deux ou trois centimètres, par où filtrait le bruit du robinet. Simple précaution pour que l'homme sache bien qu'elle utilisait du savon et de l'eau.

Elle prit beaucoup plus longtemps qu'une minute, mais ça lui était égal d'attendre. Assis face à la fenêtre qui donnait sur une trouée entre des immeubles de trois étages, il voyait la neige sur les toits des maisons plus petites. Et, d'une certaine façon, il voyait tous les dormeurs sous ces toits chargés de neige, comme si la neige était une couverture pour chacun d'entre eux. La couverture de janvier qui, tout en les faisant frissonner, les gardait à l'abri. Car l'hiver était la meilleure époque de l'année, l'époque du gel et de la froidure. L'hiver était un grand congélateur qui les préservait du dépérissement et donnait à toutes choses fraîcheur, clarté et acuité. Comme les pensées claires et froides qui lui venaient à l'esprit. Parce qu'après tout, il avait payé et il avait le droit d'obtenir ce pour quoi il avait payé. Quoi que ce fût.

Elle sortit de la salle de bains, vêtue d'une robe de chambre en tissu éponge blanc, nouée très serré à la taille. Elle passa devant lui, desserra la ceinture et retira très lentement le vêtement, dévoilant le bleu marine d'un slip orné de dentelle.

— Combien de temps voulez-vous rester ? demanda-t-elle.

Il ne répondit pas. Il sortit son portefeuille, posa un billet de dix et deux de cinq sur le couvre-pieds en satin.

D'un geste instinctif, elle tendit la main vers les billets, les plia, en fit un net petit rectangle vert qu'elle lissa entre ses doigts. Mais ses yeux restaient fixés sur l'homme.

— C'est bon, dit-elle. Qu'est-ce que vous voulez que je fasse ?

Elle n'aimait pas cette façon qu'il avait de rester assis, sans faire un geste pour se déshabiller. Elle n'aima pas la façon dont il dit :

— Je veux simplement vous regarder.

Mais après tout, on voyait toutes sortes de clients, et chacun avait sa méthode personnelle pour se mettre en condition. Dès lors qu'ils étaient prêts à payer vingt dollars, elle était prête à satisfaire tous leurs caprices. Dans la limite du raisonnable.

— Me regarder, simplement ?

Sa voix contenait un curieux petit frémissement dont elle se demanda la cause.

Il acquiesça.

— Et puis quoi ? dit-elle. Quoi, après que vous m'aurez bien regardée ?

Il ne répondit pas. Son regard était remonté, évitant les yeux de la fille, et il regardait ses cheveux, la douce masse bouffante de ses cheveux blond platiné.

Il avait le regard rivé sur ses cheveux et les secondes passèrent ainsi, devinrent des secondes symboliques ; le silence commença à porter sur les nerfs de la fille, le calme était comme un tube creux dans lequel, au bout d'un moment, son appréhension se déversa. Elle se demanda comment tout cela allait se terminer.

— Mon Dieu... dit-elle.

Elle voulut se détourner, mais les yeux de l'homme emprisonnaient la blonde chevelure platinée et refusaient de la lâcher. Elle avait l'impression d'avoir les cheveux solidement enroulés autour des yeux de l'homme.

D'accord, on voyait toutes sortes de clients. Elle leur vendait le soulagement qu'aucun médecin ne pouvait leur procurer, puis — un peu comme un chauffeur de taxi — elle les relâchait dans la rue en échange d'un généreux pourboire.

Mais celui-là, ce client précis, il lui faisait peur. Il regardait ses cheveux blond platiné comme si cette masse soyeuse et bouffante était la seule chose au monde qu'il eût besoin de voir. Comme si elle avait sacrément intérêt à le laisser regarder sans broncher.

Cela continua donc ainsi, un long moment. Enfin, n'y tenant plus, elle s'écria :

— Hé ! Mais qu'est-ce que vous avez ?

Elle savait qu'il n'entendait pas.

— Allez, dit-elle. Allez, la séance est terminée.

Mais il n'entendit pas.

— Écoutez, monsieur...

Elle tendit la main pour lui secouer l'épaule. Mais elle n'eut pas besoin de le toucher car, juste à cet instant, il émergea du brouillard — ou de l'étang profond — dans lequel il se trouvait et il se leva de sa chaise.

Avec difficulté, il enfila les manches de son pardessus.

— C'est vrai ? dit-elle sans remuer les lèvres. Vous partez pour de bon ?

Elle s'en voulut d'avoir parlé. Qu'il s'en aille, après tout, et le plus vite possible. Pas de doute, celui-là lui flanquait les jetons.

Il était devant la porte.

— Bonne nuit, Terry.

Ses yeux ne souriaient pas mais ils exprimaient une immense tendresse, une tendresse qui la ramena en arrière dans le temps, à l'époque lointaine où elle était amoureuse d'un garçon et où ça devait durer toujours.

Il avait la main sur la poignée.

— Attendez, dit-elle.

Et elle se demanda ce qu'il y avait d'autre à dire. Puis, les sourcils froncés, elle regarda les billets pliés dans sa main.

— Vingt dollars, qu'il me donne. Rien que pour me regarder.

— Bonsoir.

— Mais attendez ! — Elle baissa les yeux vers la dentelle bleu marine de son slip fantaisie. — Même vos yeux, ils sont restés à l'étage supérieur. Je n'ai même pas eu à me déshabiller. — Elle leva la main vers ses boucles platinées. — C'était ça que vous regardiez.

Son regard la dépassa, se déplaça vers la fenêtre, se perdit au-delà du carreau. Et il acquiesça.

Elle abaissa la main et la posa sur sa hanche. Elle pencha la tête.

— C'est votre truc à vous ? C'est comme ça que vous vous excitez ?

— Non.

Il s'adressait à quelque chose de lointain, dehors, derrière la fenêtre.

Et elle le crut. Il ne restait donc plus qu'à lui dire bonsoir et à fermer la porte à clé derrière lui.

CHAPITRE VII

Il avait l'esprit vide, à présent, et tout ce qu'il savait c'était qu'il s'en moquait. Il marchait dans un gouffre d'un noir d'encre, aux alentours de cinq heures du matin, son pardessus déboutonné, sans son écharpe, et la neige fondait dans ses chaussures mais il n'en avait pas conscience, il ne sentait rien.

Le vent soufflait de l'océan, vers l'ouest, plus froid encore à cause de la glace sur la rivière, et il lui tailladait la tête et les épaules, s'acharnait à lui entailler les genoux. Il s'acharna jusqu'au moment où, enfin, il le fit tomber, le traîna sur le pavé, l'envoyant heurter tête la première le monticule de neige durcie amassée le long du trottoir.

Il ne s'en soucia pas le moins du monde. Il resta simplement étendu, les bords dentclés lui mordant les mains et les poignets. Il se dit que c'était un endroit parfait pour faire un somme. Mais il remua alors son poignet et vit que le cadran de sa montre indiquait cinq heures vingt. Les éboueurs allaient bientôt arriver et ce serait embarrassant s'ils le trouvaient là.

En se relevant, il vit l'hôtel de l'autre côté de la rue et décida que quelques heures de sommeil sur un matelas ne lui feraient pas de mal. Il entra dans l'hôtel et dit à l'employé de le réveiller à huit heures.

L'ascenseur le déposa au neuvième étage ; il donna au groom un *quarter,* attendit qu'il fût parti et, en trois lentes enjambées, il s'approcha du lit, s'écroula dessus et s'endormit.

A huit heures, le téléphone sonna ; il décrocha et remercia l'employé. Puis il raccrocha, passa ses jambes par-dessus le bord du lit et resta là une bonne partie d'une minute, jusqu'au moment où, irrésistiblement attiré par le téléphone, il décrocha encore une fois et appela chez lui.

Vivian dit « Allô ? ». Il lui dit qui était à l'appareil, puis il y eut une longue pause.

Elle lui demanda d'où il appelait, et il le lui dit. Puis il y eut encore une longue pause.

Il s'écarta un peu du combiné et le regarda en grimaçant un sourire.

Ce fut comme si elle pouvait voir ce sourire. Elle dit :

— J'espère que tu t'amuses bien.

Il cessa de sourire.

— N'es-tu pas inquiète que je ne sois pas rentré cette nuit ?

Ce fut alors presque comme si elle pouvait lire dans son cerveau.

— Non. Et cela te déçoit, n'est-ce pas ? Tu voudrais bien que je me fasse du souci.

Il ne dit rien. Il se contenta de regarder le téléphone d'un air maussade. Puis il entendit la voix de Vivian :

— Tu ferais mieux de me laisser lui parler.

— A qui ?

— A la femme.

— Ne dis pas de bêtises. Je suis seul.

— Vraiment ? A quelle heure est-elle partie ?

Il ne répondit pas.

— Bien, dit Vivian. — Puis, d'un ton détaché : — Rentreras-tu ce soir ?

— Évidemment.

— Bien.

Il attendit quelques instants, mais il n'y eut rien d'autre. Il se la représenta assise dans l'office, attendant qu'il raccroche. Il raccrocha, puis, très lentement, les yeux plissés et le sourire aux lèvres, il compta jusqu'à quinze. Alors il décrocha et forma de nouveau le numéro.

La ligne était occupée.

Il fuma une cigarette dans le hall, jeta un coup d'œil sur la première page de l'*Inquirer,* puis alla se faire faire la barbe. Il entra dans la cafétéria avec un bon appétit, prit un jus d'orange, des œufs au bacon, et lut l'opinion de Webster sur un jeune poids mi-moyen qui semblait prêt à rivaliser avec les meilleurs. Il lut Sullivan et Winchell jusqu'à neuf heures moins cinq ; il n'était qu'à dix minutes de marche du bureau.

Arrivé à l'angle de Ninth Street et de Chestnut Street, la rue se mit à tanguer.

Il s'appuya contre un réverbère, les yeux fermés. Une douzaine de marteaux, tous en forme de points d'interrogation, s'acharnaient sur lui ; puis il y eut vingt-quatre marteaux, qui continuèrent à se multiplier. Il y avait trop de questions. Mais, d'un seul coup, elles se fondirent en une seule et unique question qui ne concernait personne d'autre que lui.

C'était cette histoire de cheveux blond platine. Maintenant, il se rappelait exactement la façon dont ça s'était passé. Chaque mouvement, chaque geste, jusqu'au moindre détail. Il avait payé vingt dollars uniquement pour rester là à regarder les cheveux blond platine.

Et il ne savait pas pourquoi. Il savait seulement qu'il l'avait fait. Il ne savait pas ce qui lui était passé par la tête pendant qu'il restait là à regarder. Il savait, il ne savait pas et la rue tanguait.

Il se dit : Si ses cheveux avaient été d'une autre couleur, je ne leur aurais pas accordé un deuxième regard.

Et il se rappela son déjeuner avec Harry, la veille, quand il lui avait semblé que la serveuse, Miss Dennis, avait les cheveux blond platine.

D'un bond, son esprit revint dans le présent, le présent immédiat. Une femme traversait la rue et venait vers lui. Une femme vêtue d'un manteau en castor. Et dont les cheveux étaient blond platine.

La femme le dépassa. Il ne se retourna pas ; appuyé contre le réverbère, il se dit : Vas-y, suis-là. Allez, imbécile, fais-toi arrêter.

Il décida que la situation était trop compliquée pour qu'il s'en sorte tout seul.

Au déjeuner, il se rendit avec Harry Clawson dans un restaurant spécialisé dans les fruits de mer. Les murs étaient en carrelage blanc et les tables recouvertes de nappes blanches, les serveurs portaient des casquettes de marin et il y avait des ancres, des bouées de sauvetage et des crocs de marinier un peu partout.

— En somme, dit Harry, ils veulent qu'on sache qu'ils vendent du poisson.

— Qu'est-ce que tu prends ?

— Des huîtres. Une douzaine, pour commencer.

— Pour commencer quoi ?

Il eut un petit sourire, par allusion à la vieille théorie (1) concernant les huîtres.

---

(1) Certains prêtent aux huîtres des vertus aphrodisiaques...

— Je me demande si c'est vrai, dit Harry d'un air songeur.

— Si oui, il m'en faudrait bien deux douzaines.

Et il ne regretta pas ses paroles. Il avait besoin de l'aide de Harry. Il avait un urgent besoin d'aide ; cela ne pouvait attendre. Il fallait qu'il tire au clair cette histoire de blonde platinée. Il fallait qu'il le résolve une bonne fois avant de passer à l'autre problème.

Le serveur prenait la commande, disant à Harry qu'il n'y avait plus de crevettes créoles mais qu'il restait des huîtres. Harry déclara que c'était parfait. Le serveur s'éloigna.

Harry grimaça un sourire et reprit le fil de la conversation.

— Ne t'en fais pas pour ça. C'est comme les voitures : en hiver, ça cale.

Darby jouait avec une cuiller. Il haussa les épaules.

— Oui, j'imagine que ça paraît drôle quand ça arrive aux autres.

Harry garda le sourire mais sa voix se fit consolante :

— Ne prends pas la chose au tragique. Tu as peut-être simplement besoin de vitamines.

— Je me pose la question.

Harry rengaina son sourire.

— Dis donc, vieux... — Ses yeux étaient les yeux d'un ami intime, sincèrement anxieux. — Tu as vraiment l'air dans le pétrin.

Darby acquiesça.

Silencieux, Harry attendit avec tact.

— Je m'en suis aperçu la nuit dernière, dit Darby. Ça m'a troublé. Vivian est allée se coucher tôt et moi je suis sorti me promener.

— Par ce froid ?

— J'ai pris un taxi dans le centre et je suis allé dans un bar. Et j'ai vu une femme.

Harry leva les yeux au plafond.

— Une professionnelle, reprit Darby. Elle m'a emmené chez elle.

Harry en fut renversé.

— Toi ? Tu es allé avec une pute ?

— Je lui ai donné vingt dollars.

Harry jeta un coup d'œil alentour, sans but précis, avec une sorte de désespoir. Il sortit de sa poche une pipe de bruyère dont il frotta le fourneau sans aucune raison avant de la faire disparaître.

— Je n'ai rien fait, dit Darby.

— Bon, reprenons. Tu lui as donc donné vingt dollars et tu n'as rien fait.

— Je suis simplement resté là à la regarder. Et puis je suis parti.

Le serveur posa les assiettes sur la table et s'éloigna. Harry attrapa une huître avec sa fourchette, la porta vivement à sa bouche et prit un cracker. Darby avait devant lui un bol de soupe aux crustacés mais il n'y prêta aucune attention.

— Alors ? dit-il. Qu'en penses-tu ?

Mais Harry se concentrait sur son huître. Après l'avoir avalée, il en prit une autre, qu'il plongea dans la sauce. Enfin, il dit :

— Je vais te le dire, ce que je pense. Je pense que tu es un foutu imbécile de te tracasser pour ça.

— Mais je ne l'ai même pas touchée.

— Bien sûr que non. Allez, mange ta soupe.

— J'essaie de comprendre...

— Il n'y a rien à comprendre. C'est simple comme bonjour. Elle t'a fait du gringue et tu t'es cru excité. Elle s'est déshabillée, tu lui as donné les vingt dollars et là, tu as perdu tes moyens.

— Pourquoi ?

Voix en sourdine :

— Allons, vieux, allons... — Puis, plus fort, comme si c'était la seule réponse possible : — Vivian. Voilà pourquoi.

— Non.

C'était un « non » catégorique, qui freina Harry dans son élan et le réduisit au silence.

Darby contempla d'un œil morne le bord de la table.

— C'était une blonde platinée.

— Quoi ?

— Une blonde platinée.

— Et alors ?

— C'est tout ce que j'avais envie de faire. Regarder.

Harry eut une grimace d'impatience.

— Regarder quoi ?

— Cette masse soyeuse sur sa tête. Cette masse bouffante de soie argentée.

Puis ce fut le silence. Et après, le seul bruit fut le tintement de la fourchette de Harry contre une coquille d'huître. Harry tapotait la coquille avec sa fourchette comme s'il tambourinait pensivement sur son bureau avec un stylo.

Enfin, il leva les yeux.

— Al, je vais te dire quelque chose. Ça ne te plaira peut-être pas.

— Vas-y toujours.

Il prononça ces mots avec une sorte de défi glacé, avec une soudaine hostilité envers Harry et envers le monde entier. Il s'en voulait terriblement d'avoir démarré cette discussion.

Le visage de Harry était solennel.

— Il t'est arrivé quelque chose, Al. Tu as changé.

Cela fait des semaines que je l'ai remarqué. Au début, je n'y ai pas prêté grande attention. Mais hier...

— Eh bien quoi, hier ?

Comme s'il avait une lance à la main et mettait l'ennemi au défi d'approcher.

— Au déjeuner, dit Harry. Avec cette serveuse, Miss je-ne-sais-quoi...

— Dennis. — Et la lance vibra. — Miss Dennis.

— La façon dont tu l'as regardée...

— Ses cheveux, pas elle, murmura-t-il pour lui-même. Ses doux cheveux blond platine.

— Al, pour l'amour de Dieu ! — Harry abattit son poing sur la table. — Ce n'était pas une blonde platinée.

Son poing frappa de nouveau la table mais Darby n'entendit pas. Il était quelque part dans les hauteurs, beaucoup plus haut que le plus haut building de Chestnut Street. Là où l'air était doux, chaud et agréable. Où tout était beau et où il n'y avait pas de soucis, pas de chagrins. Où rien n'avait d'importance.

— Écoute, vieux...

Il redescendit à toute allure, le long d'un toboggan à très forte pente, et il sentit le plancher sous ses pieds, il vit les assiettes, les cuillers, et les yeux étranges qui le regardaient de l'autre côté de la table. Il mit l'aiguille sur le disque et entendit la voix machinale :

— Allez, Henry, déjeunons. Il se fait tard.

Il lâcha la lance et prit son couteau.

CHAPITRE VIII

Ils retournèrent au bureau à deux heures moins dix. Il s'assit à sa table, alluma une cigarette et regarda la feuille de papier jaune couverte de gribouillis mathématiques. Ce n'était qu'une question de minutes avant que les chiffres et les symboles retrouvent leur sens et qu'il puisse se remettre au travail. Il tira sur sa cigarette et attendit calmement que tous les éléments s'alignent sur le papier.

Une heure plus tard, le crayon était toujours à sa place et la feuille jaune était devenue un disque en verre jaune. Sous le verre, une flotte de petits bateaux blancs, coulée par les canons d'une invisible armada, gisaient, immobiles, au fond du lac serein. Darby se mordit l'ongle du pouce et retira la feuille jaune du cendrier en verre rempli de mégots. Il regarda le papier sous un angle différent, comme si cela pouvait l'aider à éclaircir le problème.

Le bureau devint alors le pupitre d'une salle de classe, à l'école de Birney. Il était en septième et c'était un de ces épouvantables vendredis où il y avait composition d'arithmétique. Ce n'était pas l'arithmétique qu'il redoutait. En réalité, c'était sa matière préférée et il était l'un des meilleurs de la classe. Mais il avait beau connaître les réponses, il n'aimait pas les compositions du vendredi. Il y avait toujours un tel silence dans la salle, un silence tellement lugubre pendant que les élèves planchaient sur leurs copies. Il plaignait les idiots qui ne savaient pas répondre, qui regardaient distraitement par la fenêtre, se grattaient la tête ou mordillaient leur crayon.

Ce vendredi-là, la composition d'arithmétique portait sur la multiplication et sur la division. Lorsque le professeur dit : « Vous pouvez commencer », il se mit à recopier les opérations inscrites au tableau noir, sans se presser, jusqu'à ce qu'il eût transcrit toutes les opérations sur la feuille jaune ; il ne lui restait plus alors qu'à multiplier, à diviser et à recevoir sa récompense pour un sans faute. Mais, d'un seul coup, il ne vit plus ce qu'il y avait sur la feuille.

Il regardait fixement, à l'autre bout de la salle, le cou épais d'un élève prénommé Newton, qui, pendant la récréation, l'avait mis au défi de se battre avec lui après la classe. Il n'avait ni accepté ni refusé le défi et Newton, pour se faire mieux comprendre, lui avait donné un coup de poing sur la bouche. Avant qu'il ait pu riposter, la cloche avait sonné la fin de la récréation. Il ne lui restait donc plus qu'à se battre avec Newton après la classe, et tous les autres élèves le savaient. Ils seraient tous là, sur le terrain vague de Seventh Street, à le regarder se faire tabasser par Newton Colton, le gosse le plus brutal de toute la division.

Quand la cloche sonna la fin du cours, il rendit sa copie avec des espaces blancs là où les réponses auraient dû être inscrites. Et il s'en moquait. Il vit Newton le regarder d'un air mauvais, les lèvres pincées, et agiter son gros poing pour bien lui faire comprendre qu'il allait y avoir droit.

La peur lui écrasait la poitrine et une boule de

coton était tassée au fond de sa gorge. La dernière sonnerie mit fin à la journée de classe et il entreprit la lente marche funèbre jusqu'au terrain vague de Seventh Street, où il récolta l'œil au beurre noir que, depuis le début, il avait su qu'il récolterait. Et le nez en sang. La correction terminée, il avait la figure tout esquintée et il rentra chez lui, seul, en essayant de toutes ses forces de ne pas pleurer en entrant dans la maison.

Il entra par la porte de derrière et vit sa sœur Marjorie dans la cuisine. L'air effaré, elle regarda son visage meurtri. Puis elle sortit son mouchoir et lui essuya le nez et la bouche. Il se sentait tellement mieux maintenant qu'il était avec Marjorie. Elle était si merveilleuse qu'elle faisait disparaître toute la douleur. Elle l'entoura de ses bras et déposa un baiser sur son front contusionné. Pas du tout comme une grande sœur, car ce baiser déclencha en lui un étrange et chaud frisson, qui descendit, remonta et redescendit. Il se demanda si ses lèvres auraient le même effet sur Marjorie. Il voulait lui donner à son tour cette merveilleuse sensation qu'elle lui procurait, et il l'embrassa sur la joue. Quelque chose se produisit alors, quelque chose qu'il ne pouvait pas comprendre. Il n'aurait su dire qui en fut la cause, ni quoi ; toujours est-il que ses lèvres rencontrèrent les lèvres de Marjorie. Il goûta la délicieuse saveur de sa bouche et c'était comme s'il tournait sur un manège, les yeux fermés : il était pris de vertige mais ne voulait pas que ça s'arrête. Il la serrait très fort et il lui était impossible de la lâcher.

Et il entendit Marjorie murmurer :

— Serre-moi plus fort.

C'était si facile d'obéir à un ordre de la douce princesse.

— Oh, gémit Marjorie. Oh, qu'est-ce que tu fais ?

Là, il ne sut que répondre. Il n'avait absolument aucune idée de ce qu'il faisait, à part qu'il tournait et tournait dans les airs, et que tout le monde était très loin.

— Petit chenapan, murmura Marjorie. Arrête ça.

Mais il ne pouvait pas s'arrêter. Et il savait qu'elle ne voulait pas qu'il s'arrête.

Il ferma hermétiquement les paupières et essaya de toutes ses forces de comprendre ce qui se passait. Mais il n'y avait pas moyen de comprendre. La sensation était trop nouvelle, trop bizarre, complètement différente de tout ce qu'il avait éprouvé jusqu'alors. Il sentait vaguement que Marjorie et lui faisaient quelque chose qu'ils n'auraient pas dû faire, mais ce n'était pas pour autant quelque chose de mal. Pas du tout comme de dire des gros mots ou d'écrire des saletés sur les murs des cabinets, à l'école. Pas du tout comme le jour où la famille était allée chez l'oncle Ted, à la campagne, et où il s'était glissé dans l'écurie avec sa cousine Harriet pour jouer à un jeu appelé « docteurs et infirmières ». Ce n'était pas du tout la même chose. C'était quelque chose de très beau et de très important, parce que Marjorie était sa préférée et qu'il était prêt à faire n'importe quoi pour elle : il irait même se battre avec un grizzly si elle le lui demandait. Il savait que, pour lui, elle représentait davantage que toute autre personne de l'univers.

Et Marjorie murmura :

— Ma parole, Alvin... tu pleures !

Il secoua la tête.

— Mais si.

Sa voix était si douce, si agréable ; et le seul fait de voir son visage, si proche, était le plus beau cadeau qu'il pût jamais espérer.

Mais la seule façon qu'il trouva d'exprimer cela en mots fut :

— Je suis tellement heureux que tu sois ma sœur.

Les mains de Marjorie étaient comme du velours sur son visage.

— Tu m'aimes beaucoup ?

— Plus que tout.

— Tant que ça ?

— Oui, dit-il. Et plus encore. — Il battit des paupières pour refouler ses larmes. — Et toi, tu m'aimes ?

Ses yeux s'approchèrent.

— Je vais te dire un secret. Tu es mon meilleur petit ami.

Il ne sentait plus le plancher sous ses pieds. Il avait vraiment l'impression de flotter. Éperdu, il lui saisit les poignets.

— Promets-moi quelque chose. Dis-moi que tu ne partiras jamais.

Son visage se fit solennel :

— Je ne peux pas promettre cela.

Il déglutit avec peine.

— Pourquoi ?

— Eh bien... Un jour je serai grande, je serai une femme. Et alors, je me marierai.

— Et moi ?

— Tu te marieras, toi aussi.

— Non, dit-il.

— Mais si, insista-t-elle doucement. Tout le monde se marie.

— Pas moi, dit-il, la bouche têtue. Je ne me marierai jamais. Sauf... — Et ses yeux s'agrandirent à cette idée — ... sauf avec toi.

Elle eut un triste sourire.

— Tu sais bien que ce n'est pas possible.

— Pourquoi ça ?

— Je suis ta sœur. Tu ne peux pas épouser ta propre sœur.

— Mais pourquoi ? Qu'est-ce qui nous en empêche ? Est-ce interdit par la loi ?

— Oui, bien sûr. L'ignorais-tu ?

Il ne répondit pas. Il se sentait accablé, oppressé ; au bout de quelques instants, il reprit avec désespoir :

— Je sais ce qui se passera. Tu te marieras, tu t'en iras et je ne te verrai plus.

— Ne dis pas cela. Nous continuerons à nous voir.

Il émit un profond soupir.

— Non. Tu feras comme maman. Elle a quitté Seattle et elle n'est jamais revenue.

Très lentement, Marjorie se détourna, comme si elle ne pouvait supporter de le voir dans l'angoisse. Puis, la tête baissée, elle dit :

— Où que j'aille, aussi loin que ce soit, je te reviendrai toujours.

Ses yeux se mirent à briller.

— Tu le penses vraiment ?

Elle le regarda bien en face.

— Je le jure.

De nouveau, elle l'entoura de ses bras et l'embrassa ; et, encore une fois, il se retrouva dans ce pays enchanté où le manège tournait sans s'arrêter, avec la chaleur des bras de Marjorie et la douceur de ses lèvres.

Et l'extraordinaire luminosité de ses yeux vert pâle.

Et la splendeur rayonnante de ses longs cheveux ondulés. Blond platine.

Assis devant son bureau de la compagnie d'assurances, huit étages au-dessus de Chestnut Street, tandis que les marteaux résonnaient dans sa tête, il pressait les poings contre son front en se disant que les cheveux de sa sœur n'avaient jamais été blond platine mais brun foncé . Puis il se dit qu'il se trompait, qu'ils étaient blond platine. Mais non, ils étaient brun foncé. Non, encore une fois : blond platine.

Il s'adjura d'arrêter ce petit jeu, puis il s'aperçut que le seul moyen de l'arrêter était d'en avoir le cœur net. Il jugea que ce ne serait pas trop difficile. Simple effort de mémoire.

A cet instant, une main s'abattit sur son épaule. Il leva les yeux et vit Harry Clawson.

— Écoute, dit Harry d'un ton ferme, il faut que tu t'en sortes. Ça fait un moment que je t'observe. Tu as l'air complètement coincé.

Darby indiqua le papier jaune.

— J'ai là un problème ardu.

Harry se pencha pour jeter un coup d'œil sur la feuille.

— Ardu ? Tu sais très bien que non. C'est absolument élémentaire. En fait, tu te tritures les méninges sur ton autre problème. Cette histoire de blonde platinée.

Il aurait bien voulu que Harry s'en aille.

Harry attira une chaise contre le bureau et s'assit. Ils se dévisagèrent dans un silence embarrassé. Soudain, Harry fit claquer ses doigts.

— Je crois que je tiens la réponse.

Il eut une grimace de lassitude.

— Écoute, j'ai du travail. Il est quatre heures moins le quart.

— Non, il n'est pas cette heure-là. — Harry avait un petit sourire entendu. — Il est aux alentours de minuit.

— Qu'est-ce que tu racontes ?

— Minuit, répéta Harry. Il y a six ans. Un bal de

Thanksgiving. Ce soir-là, tu n'étais pas accompagné. Moi, j'avais pour cavalière une blonde platinée.

Darby prit une boîte d'allumettes. Il regarda la publicité affirmant que cette confiserie, c'était quelque chose de vraiment différent.

— Tu te rappelles ? insista Harry, penché en avant.

— Non.

— Des yeux vert pâle. Une coiffure à la Jeanne d'Arc. Un corps mince et fuselé.

Son regard se posa sur la boîte d'allumettes.

— Quelque chose de vraiment différent.

— Et comment, qu'elle était différente ! Une allure phénoménale. Côté personnalité, un véritable poison. C'est la première et dernière fois que je suis sorti avec elle.

Il secoua la tête.

— Je ne m'en souviens pas.

— Vraiment ? — Le sourire de Harry se figea. — A d'autres ! — Son sourire s'évanouit et les mots sortirent lentement. — Elle s'appelait Geraldine.

Darby laissa tomber la boîte d'allumettes. Il voulut la ramasser mais son bras était devenu une barre de métal froid qu'il ne pouvait bouger.

La voix de Harry était lointaine :

— Geraldine Barrett.

Ce nom grésilla le long des circuits sinueux du cerveau de Darby, comme la mèche allumée d'un bâton de dynamite. Puis, quelque part près du centre de son cerveau, la poudre explosa et Darby perdit toute notion de ce qui l'entourait.

— Alors, dit Harry, tu te rappelles ?

Mais Darby n'était pas là.

Il fallut que Harry lui étreigne le bras, les doigts serrés au point de lui faire mal.

— Allez, ressaisis-toi.

Darby ramassa la boîte d'allumettes et sourit au couvercle, comme si c'était un visage.

— Geraldine Barrett...

— Tu vois, maintenant ? dit Harry, le regard pénétrant.

Il hocha la tête.

— Aussi simple que cela, reprit Harry en claquant de nouveau des doigts. La seule blonde platinée que tu aies jamais connue. Les seuls véritables ennuis que tu aies jamais eus. Tu te rappelles ces nuits où nous restions debout à en parler ? Jusqu'à quatre, cinq heures du matin ? Peu importait puisque, de toute façon, tu n'arrivais pas à dormir.

Tout semblait concorder, mais les choses allaient trop vite : il voulait y regarder de plus près.

— C'était il y a six ans, objecta-t-il.

— Et alors ? Ça t'est revenu, voilà tout. Les souvenirs ont ouvert la porte et sont entrés.

— Pourquoi ne m'en suis-je pas rendu compte ?

Harry se tapota la nuque.

— C'était caché là. Tu ne pouvais pas le voir.

— Je ne suis pas sûr de le voir davantage maintenant.

— Prends ton temps, conseilla Harry. Penses-y. Remémore-toi la façon dont ça s'est passé.

Il gratta une allumette et contempla la flamme.

— C'est facile, vieux, dit Harry. Tu vas voir comme c'est facile. Je te laisse prendre le relais.

Il se leva, tapota l'épaule de Darby et s'éloigna.

Et bientôt, alors que Darby regardait la feuille jaune, celle-ci devint le parquet verni de la salle de bal, la veille du Thanksgiving Day, six ans auparavant. C'était un bal mondain ; debout au milieu des cavaliers, il portait un smoking à dix-neuf dollars quatre-vingt-quinze. Les autres cavaliers se dispersaient sur la piste mais il ne les voyait pas ; il ne voyait aucune des robes du soir, aucune des mules en lamé. Sauf la robe noire et les mules en lamé de la blonde platinée qui, tout en dansant avec Harry, ne le quittait pas des yeux.

Des yeux vert pâle. Et des cheveux d'un blond argenté, coupés à la garçonne. Il se demanda où Harry l'avait trouvée et il se demanda pourquoi il plaignait un tout petit peu Harry. Il en comprit la raison lorsque, voyant Harry tenter de la serrer contre lui, il lança un regard discret aux yeux vert pâle. Il comprit alors que cette femme était une source d'ennuis, une allumeuse de première s'il en fût. Rien qu'à voir sa façon de se laisser aller vers Harry afin que celui-ci, encouragé, la serre plus étroitement. Puis sa façon de s'écarter en regardant Harry de travers, comme pour lui signifier de rester à sa place.

Enfin, Harry revint avec elle et procéda aux présentations. « Voici Geraldine. » Les lèvres sourirent juste un peu ; les pâles yeux verts ne sourirent pas du tout mais le sondèrent, simplement. Il entendit l'orchestre se remettre à jouer et demanda à Harry s'il pouvait lui emprunter sa cavalière. Naturellement, dit Harry ; mais Geraldine refusa : elle avait envie de s'asseoir et ordonna à Harry d'aller lui chercher un verre de punch.

Elle donna à Darby son numéro de téléphone et lui dit de l'appeler le lendemain. A dix heures, précisa-t-elle. Dix heures pile. Pas une minute plus tard, car elle serait partie.

Rien que pour rire, se dit-il. Rien que pour voir ce qui se passerait. Et il téléphona le lendemain matin à dix heures cinq. Il entendit la sonnerie, laissa sonner pendant une minute et raccrocha, la mine sombre ; et sa mine s'assombrit encore quand, le vendredi, il téléphona pour obtenir un rendez-vous et s'entendit opposer un refus. Il fit ses aveux à Harry, qui éclata de rire. Ne fais pas l'imbécile, lui dit Harry. N'y pense plus, c'est un tas d'ennuis en perspective. De gros ennuis.

Il rappela quand même. Trois, quatre fois. Six, sept fois. Et il entendit le « non » calme, sans rudesse aucune, un simple « non ». Mais le ton l'encourageait à poursuivre ses tentatives et, enfin, un soir, elle lui dit de venir.

Elle habitait le quartier de Kensington, près d'Allegheny Avenue. Elle et son frère étaient associés dans une petite affaire, une confiserie. Il s'attendait à ce qu'elle le fasse poireauter pendant au moins une demi-heure mais, lorsqu'il arriva, il la vit assise sur le divan, son manteau sur elle.

Calmement, elle lui dit qu'il avait quatre minutes de retard. Il grimaça un sourire et elle demanda ce qu'il y avait de drôle ; il s'enquit alors de savoir si elle avait jamais travaillé dans les chemins de fer. Elle dit qu'elle ne trouvait pas cela très drôle. C'était important, dit-elle, d'être à l'heure à un rendez-vous. Il dit que c'était bien vrai et s'excusa de ses quatre minutes de retard.

Elle accepta les excuses et il l'emmena au cinéma. Au volant de sa Ford, il passa entre les haies vert foncé de Roosevelt Boulevard, alla jusqu'à Langhorne Street et, plus loin, se dirigea vers Strenton Street ; à la radio, Woody Herman jouait de la clarinette ; puis, au bout d'un moment, Geraldine lui dit de tourner le bouton, de tourner à gauche et de se garer quelque part.

La Ford descendit un chemin étroit et se retrouva dans une clairière entourée d'arbres très hauts et touffus. Il coupa le moteur et mit son bras autour des épaules de Geraldine. Elle le laissa faire, le laissa s'approcher, mais lorsque ses lèvres se tendirent vers les siennes, elle le repoussa d'une pression du pouce sur le menton. Il s'efforça de garder son sang-froid et haussa les épaules ; elle glissa alors son pouce à l'intérieur de sa chemise, l'ongle pénétrant dans la chair ; tranchant comme une lame de rasoir, l'ongle décrivit avec lenteur les trois-quarts d'un cercle, puis remonta tout droit et termina par une barre horizontale. Gravant un G rouge sur la poitrine de Darby.

Elle lui dit ce que c'était : un G, pour Geraldine. Puis elle lui dit de démarrer et de la ramener chez elle.

Il la ramena chez elle et tenta de l'embrasser, sachant bien qu'elle refuserait. Mais il fallait qu'il essaie. Et il fallait qu'il l'appelle le lendemain. Il fallait qu'il découvre pourquoi il ne pouvait la chasser de son esprit, pourquoi il avait des difficultés à trouver le sommeil. Mais surtout, il fallait qu'il sache pourquoi le G rouge, sur sa poitrine, n'arrêtait pas de le brûler.

Soir après soir, il continua de voir Geraldine. Tous les soirs de la semaine étaient réservés à Geraldine. Elle ne le laissait jamais l'embrasser, et il finit par renoncer à essayer ; il tenta à la place — par des biais divers — de l'irriter. Par exemple, il arrivait en retard, ou non rasé ; une fois, il arriva en déclarant qu'il n'avait pas un sou en poche et qu'ils devraient se contenter d'une promenade à pied. Et elle se bornait à l'observer en souriant, à saisir sa tactique, à l'examiner et à la laisser tomber avec un haussement d'épaules : pour bien lui faire comprendre qu'il avait toujours le G gravé sur la poitrine.

Cela continua ainsi pendant presque un mois. Puis il renonça à la provoquer, renonça à lutter, sachant bien qu'il n'y avait pas moyen de lutter. Il téléphona trois quatre, cinq fois par jour. Et, certains jours, quand il était incapable de travailler, il allait à Kensington rôder autour de la confiserie, et le frère de Geraldine le regardait avec un sourire narquois, comme si Darby n'était que le dernier en date de toute une série d'imbéciles.

L'hiver était gris et triste sur la ville, et chaque nuit était un paquet d'heures mornes et froides, comme les heures passées dans une cellule dépourvue de porte.

Puis, une nuit, en sortant d'un cabaret où il avait dépensé beaucoup plus qu'il ne pouvait se le permettre, il la ramena chez elle. Elle lui dit d'entrer, qu'elle voulait voir quelque chose. Ils allèrent dans le salon, derrière la boutique, et elle lui déboutonna sa chemise pour examiner sa poitrine. Le G rouge était parti et il n'en restait aucune marque, rien. Elle déclara qu'il était temps de le marquer de nouveau.

Il lui dit d'aller au diable. Il tourna les talons pour partir mais elle l'attrapa par le bras et le fit pivoter, de sorte qu'il reçut de plein fouet le choc du corps de Geraldine. Elle emprisonna son visage entre ses mains, les lèvres entrouvertes, et tout s'enflamma.

Ce fut très rapide, cette première fois. Ils s'allongèrent sur le divan, puis ils se relevèrent : c'était terminé. C'était comme de sauter par la fenêtre et d'atterrir dans la rue. Un parcours-éclair, exactement pareil.

Le lendemain soir, elle ne le laissa pas l'embrasser.

Pendant presque une semaine, elle lui interdit de l'embrasser, lui interdit même de lui tenir la main. Quand il lui demanda ce qui n'allait pas, elle se contenta de répondre avec un haussement d'épaules qu'elle n'était pas d'humeur. Il se mit à crier, très en colère, et elle lui dit que c'était regrettable qu'il ne puisse se contrôler, qu'il ferait peut-être mieux de la ramener chez elle. Il dit : D'accord, bon Dieu ! et il la ramena chez elle. Au retour, après avoir parcouru trois blocs, il entra dans un drugstore et l'appela au téléphone pour la supplier de lui pardonner. Elle lui dit de revenir, de se dépêcher, et il rebroussa chemin. La porte était ouverte. Il entra en courant. Et elle était là, sur le divan.

Et de nouveau la nuit suivante, avec ses cheveux blond platine qui flottaient sur ses épaules, avec ses yeux vert pâle, mi-clos, qui braquaient l'inquiétante flamme verte sur sa poitrine nue, le marquant d'un G qui n'avait pas de contour, pas de couleur, mais n'en était pas moins gravé profondément, au point qu'il sentait la brûlure du G au plus profond de lui-même.

Puis les nuits passèrent ainsi en une trajectoire sans fin où il n'y avait que la flamme verte, le blond argenté de ses cheveux se déversant par-dessus le bord du divan, au-dessus du plancher sombre qui ne ressemblait pas du tout à un plancher mais à un sombre néant.

Il lui offrit des cadeaux. Il lui acheta du parfum, des boîtes de bonbons. Il lui acheta des bas en nylon, un sac à main et un briquet. Elle disait : merci, Alvin — et, à peine une heure après, elle faisait remarquer l'air de rien que ce serait chic si elle avait une topaze. Il lui achetait donc une topaze. Il dépensait tout son argent, l'emmenait dans des restaurants où le repas était à quatre dollars et demi. Elle ne regardait jamais le menu. Elle commençait par un Daiquiri, puis elle prenait un steak d'aloyau. Toujours un Daiquiri et un steak d'aloyau. L'inconvénient, c'était qu'il gagnait moins de quarante dollars par semaine et en dépensait quatre-vingts ou quatre-vingt-dix. Il prélevait sans cesse sur ses économies et il ne pouvait pas continuer ainsi, c'était absolument impossible.

Et pourtant, cela continua. Et, de jour en jour, cela devint plus coûteux. Lorsqu'elle eut besoin de soins dentaires, ce fut lui qui régla la note. Un samedi soir, son frère se saoula et se cassa la cheville en tombant dans la rue ; la seule réaction de Geraldine fut de présenter à Darby la facture du médecin. Il la paya donc aussi. C'en arrivait au point où il payait presque tout.

Ce point fut bientôt dépassé. Il fit un emprunt sur sa voiture, puis, comme cela ne suffisait pas, il alla trouver Harry. Il écouta Harry le traiter d'idiot, de fou furieux, mais il écouta sans vraiment y prêter attention. Il dit simplement qu'il avait besoin de cinquante dollars. Harry lui donna les cinquante dollars et le supplia de rompre, de rompre tout de suite, d'appeler Geraldine pour lui dire que c'était fini.

Non, dit-il, il ne pouvait pas faire cela. Cependant, c'est vers cette époque qu'il commença à avoir des discussions nocturnes avec Harry, qu'il allait voir chez lui, en proie à une sorte de frénésie, après avoir pris congé de Geraldine.

Et la nuit de printemps était douce et agréable, les fenêtres obscures étaient de moelleux rideaux de velours qui protégeaient le bonheur des maris et des femmes qui dormaient dans les bras l'un de l'autre.

Harry l'adjura de se débarrasser d'elle, de se trouver une fille bien qui le rendrait heureux. Évidemment, qu'il devait se marier avec une fille bien ! Il y avait une quantité de filles bien, assura Harry. Et il ajouta, comme s'il venait juste de prendre cette décision, qu'il allait bientôt demander sa main à Gertrude Warren. Cette Geraldine, par contre, n'était certainement pas du bois dont on faisait les épouses, ça non. C'était une source d'ennuis et de chagrins.

Ce fut à la mi-avril, à quatre heures et demie du matin, que les mots de Harry firent vraiment mouche.

Harry venait de lui refuser un nouveau prêt. Il devait à Harry pas loin de trois cents dollars et il avait par ailleurs quatre cents dollars de dettes. Harry lui dit que s'il avait une once de cervelle, une once d'amour-propre, il irait à la cabine téléphonique la plus proche pour dire à Geraldine que c'était terminé.

Il se rendit en voiture à une station d'essence ouverte toute la nuit, et Harry l'accompagna. Il composa le numéro sans obtenir de réponse. C'était incompréhensible : il l'avait quittée seulement deux heures auparavant. Il dit à Harry qu'il ne comprenait rien, qu'il ferait mieux d'y aller sur-le-champ pour s'assurer que tout allait bien. Harry grommela qu'il devrait surtout se faire défoncer le crâne, qu'elle était sans doute en train de lever le coude dans une boîte de nuit. Il n'eut pas le temps de se fâcher de la remarque de Harry. Il se retrouva seul dans la Ford, en route pour Kensington.

Il se gara devant la confiserie et attendit là jusqu'à six heures passées ; alors il vit un taxi arriver, Geraldine en descendre et courir vers lui. Elle lui dit qu'elle revenait de l'hôpital. Son frère avait été victime d'une crise cardiaque et elle ne pensait pas qu'il passe la semaine.

Trois jours plus tard, son frère mourait. Elle dit qu'elle n'avait pas suffisamment d'argent pour les frais d'enterrement, son frère ayant dépensé en alcool le peu d'argent qu'elle avait. C'était assez dur, murmura-t-elle, car ils n'avaient plus leurs parents et les autres membres de la famille s'en fichaient éperdument.

Il sortit emprunter encore de l'argent et régla les frais d'enterrement. Alors qu'ils revenaient du cimetière, tous les deux seuls dans la Ford, Geraldine se demanda à voix haute que faire à présent et où aller.

Il arrêta la voiture. Il prit Geraldine dans ses bras et lui dit qu'ils se marieraient. Il pensait que tout irait bien.

Mais il se rendit compte, en moins d'une semaine, que ça allait être difficile, vraiment coton. Il vivait pour ainsi dire avec elle, à Kensington, et il s'apercevait que la vie avec elle était une véritable torture. Quoi qu'il fasse, il n'y avait absolument aucun moyen de lui plaire. Elle avait l'odieuse habitude de déclencher une dispute et de refuser d'entendre ses arguments à lui. Et après, au lit, quand il se rapprochait d'elle, convaincu que la dispute était oubliée, elle s'écartait. Imperceptiblement.

Ce qui le faisait grincer des dents, comme si on le tiraillait de toutes parts.

Vers la fin de cette même semaine, alors qu'il déjeunait sur le pouce au comptoir d'un petit bistrot de Sixth Street, non loin de Chestnut Street, il aperçut Harry Clawson. Leurs regards se croisèrent, Harry entra et commanda un café. Harry insista pour qu'il vienne à sa soirée de fiançailles. C'était le soir même, il fallait qu'il vienne.

Il voulut savoir si Geraldine était invitée.

D'accord, dit Harry. Geraldine était invitée.

Quand il retourna à Kensington, après le travail, il ne la trouva pas à l'appartement. Il vit un billet disant qu'elle avait dû partir et qu'elle rentrerait tard. C'était le genre de billet qu'elle aurait écrit au laitier, mais il ne s'en formalisa pas. Il éprouva un certain soulagement à l'idée qu'elle était absente et qu'il pourrait aller à la soirée sans elle.

Il se rendit à la soirée de fiançailles de Harry et félicita Gertrude avec le sourire. Un sourire naturel, son premier sourire naturel depuis longtemps. La soirée était réussie et c'était vraiment chouette de retrouver toute la vieille bande. Il s'amusa beaucoup.

Puis, à onze heures passées, il se demanda si Geraldine était rentrée. Alors qu'il se dirigeait vers le téléphone, quelqu'un le tira par le bras et l'entraîna vivement à l'autre bout de la pièce pour lui présenter une jeune fille prénommée Vivian.

A trois heures du matin, Geraldine lui lança à la tête un lourd cendrier en verre. Elle le manqua avec le cendrier et récidiva avec une lampe. Elle le manqua encore et marcha vers lui, les ongles braqués sur ses yeux. Il lui saisit les poignets et la supplia de l'écouter. Il lui dit qu'elle ne devait pas lui en vouloir, qu'elle ne devait pas le haïr, que ça devait simplement arriver, voilà tout. Il était désolé de lui avoir pris son temps, mais cela faisait partie du jeu, c'était un risque qu'il leur fallait courir.

Il expliqua que la question était de savoir si, oui ou non, il pouvait aller jusqu'au bout. Or il ne le pouvait pas. S'il jouait les Don Quichotte et l'épousait, ce serait une terrible erreur pour eux deux, parce que, quels que soient leurs efforts, ils ne resteraient pas mariés. Tôt ou tard, il s'en irait. Ou ce serait elle. Ils n'étaient simplement pas faits l'un pour l'autre.

Non, répliqua-t-elle, ce n'était pas aussi simple. Elle l'avertit que, s'il partait, il le regretterait toute sa vie.

Quand il se dirigea vers la porte, elle cria :

— Ne me quitte pas, Alvin. Non, je t'en prie. Je t'en prie...

Il atteignit la porte et elle se mit à l'injurier. Elle courut vers lui, chancela et tomba, en lui lançant des imprécations.

Mais quand il ouvrit la porte, les cris cessèrent et elle dit d'une voix morne, creuse :

— Tu reviendras. Un jour, je le sais, tu reviendras.

Le vent d'avril répéta ces mots, encore et encore, tandis qu'il s'éloignait à grands pas de Kensington.

CHAPITRE IX

Il avait les yeux fermés et la tête presque appuyée sur le bureau. Il n'avait pas l'impression de se trouver dans un endroit particulier ; il aurait aussi bien pu être à genoux dans une caverne obscure ou assis dans une pièce enfumée où il n'y avait pas de visages, seulement des tas d'yeux braqués sur lui. Ou encore, à la dérive sur une plaque de glace dans un vaste néant blanc.

Tout d'un coup, il entendit un brouhaha qui le poussa à fermer plus étroitement les paupières. Son cerveau amplifia le bruit, le rendant bien plus fort qu'il ne l'était en réalité. A présent, on aurait dit les hurlements d'animaux en folie dans une jungle en feu.

En réalité, c'était la sortie des usines et des bureaux, le coup de sifflet de cinq heures. Il dressa la tête et vit le papier jaune couvert de chiffres et de symboles, il vit le crayon auquel il n'avait pas touché. Un sourire dont il n'avait pas conscience joua sur ses lèvres. Il se dit que c'était comme dans tous les métiers : il y avait de bonnes journées et de mauvaises journées.

Aux bureaux voisins, les autres rassemblaient leurs affaires, mettaient de l'ordre dans leurs papiers, faisaient de derniers calculs ou prenaient simplement le temps d'allumer une cigarette, de savourer le fait qu'il était cinq heures et qu'ils pouvaient rentrer chez eux. Il vit Harry Clawson en conversation avec quelqu'un, au fond de la salle, et son regard se fit circonspect. Pour une vague raison, il était très important qu'il sortît d'ici sans être vu de Harry.

Avec des gestes furtifs, il se leva de son bureau, rangea les papiers dans la corbeille métallique, se glissa dans l'allée menant à la sortie. Toujours furtif, il entra dans l'ascenseur, et son regard demeura circonspect tandis que l'ascenseur descendait les huit étages jusqu'à Chestnut Street.

Dans la rue, il se joignit à la foule des gens qui rentraient chez eux, marchant maladroitement sur le pavé gelé. Mais lui marchait d'un pas léger et détendu, comme s'il n'y avait pas de verglas, aucun risque de glissade. Il remonta Eighth Street et vit l'entrée du métro de Frankford, l'escalier qui descendait sous la rue, qui lui disait de venir prendre un ticket pour rentrer chez lui.

Le visage vide de toute expression, il dit au métro de Frankford d'attendre un peu, qu'il n'était pas encore prêt à rentrer, qu'il avait d'autres choses à faire d'abord. Mais il n'avait aucune idée de ce qu'étaient ces autres choses. Il traversa Market Street et prit Eighth Street vers le nord.

La nuit tombait et les vitrines des magasins étaient éclairées. Les lumières s'égrenaient en une chaîne illuminée qui le tirait le long de Eighth Street. Il remonta la rue, dépassa Arch Street.

Et il se retrouva dans les bas quartiers, où il vit les cols remontés des pardessus râpés, les visages engourdis par le froid. Certains marchaient d'un pas lourd, les pieds enveloppés dans des chiffons ou dans des journaux pour empêcher l'hiver de leur mordre les orteils. Ils arpentaient la rue de haut en bas, sans aucun endroit où aller. Ils sortaient des asiles de nuit, sans aucune bonne raison d'en sortir.

Un menu griffonné, collé sur la vitrine d'un restaurant, annonçait d'importants changements dans les tarifs. Le plat de spaghettis avait baissé de cinq *cents* et le navarin de dix *cents*. Le mot navarin était souligné. Plusieurs paires d'yeux chassieux prirent note du navarin et examinèrent le menu avec un intérêt calculateur. Avec la même curiosité paisible que les yeux des agents de change, à Wall Street, observant un changement important sur le tableau des cotations.

Darby avait faim. Il entra dans le restaurant, s'assit au comptoir et commanda un navarin.

Un peu plus loin, au comptoir, une voix dit :

— A peine sorti de taule, il y est retourné.

Une autre voix s'enquit :

— Qu'est-ce qu'il a fait ?

— Comme d'habitude. Il a tabassé un gosse de six ans.

— On devrait l'électrocuter.

Une troisième voix intervint :

— T'as pas le droit de dire ça. Qui sait ce que t'as fait, toi ?

— Tu en sais rien, alors ferme la.

— Je vais te dire, moi, ce que tu fais. Tu fais des dessins sur les murs des cabinets.

— Et après ? Qu'est-ce qu'y a de mal à ça ?

— Faudrait que t'apprennes à dessiner. Tes bonnes femmes ressemblent à des éléphants.

— Ben, c'est comme ça que je les aime. Grosses comme des éléphants.

Assis sur le tabouret voisin de Darby, un homme trapu, portant deux chandails, se mit à contempler le plafond d'un air méditatif.

— Très intéressant, murmura-t-il.

Darby le regarda.

— Qu'est-ce qui est intéressant ?

— Ce complexe de l'éléphant.

Et il désigna, au bout du comptoir, l'homme qui faisait des dessins sur les murs des toilettes. Darby constata que l'homme était petit et maigrichon.

— Vous voyez ? — L'homme trapu avait l'air d'un diagnostiqueur. — Le besoin irrésistible d'escalader l'Everest. De conquérir une nation. Il crée ainsi la loupe qui lui permet d'accroître sa taille.

Le navarin arriva, avec deux morceaux de pain blanc et une cuiller à soupe. Darby prit la cuiller et, sans même goûter le navarin, il l'attaqua avec entrain, gloutonnement, y prenant un plaisir immédiat, sans se demander un instant ce qu'il y avait dedans.

L'homme trapu rongeait un pied de porc.

— Il y a une base pour tout. Je serais aujourd'hui propriétaire d'un yacht si je n'avais pas passé la nuit à Mobile. — Il arracha avec les doigts un bout de viande qui restait. — Dois-je vous dire pourquoi j'y ai passé la nuit ?

— Non, dit Darby. Parlez-moi plutôt de mon complexe.

La grosse figure ronde se tourna lentement.

— Quel est-il ?

— Les cheveux blond platine.

L'homme trapu mit son menton dans sa main.

— Chez les femmes ? — Il répondit lui-même à sa question : — Oui, naturellement.

Il se tapota les dents avec l'os de porc. Puis il regarda Darby de plus près et, comme celui-ci ouvrait la bouche pour parler, il secoua la tête. Comme pour lui dire que ce n'était vraiment pas nécessaire, qu'il en avait dit assez.

— En fait, déclara l'homme trapu, vous ne supportez pas la vue des cheveux blond platine.

Darby fit signe à l'homme debout derrière le comptoir et lui commanda un café noir.

— Et en réalité, poursuivit l'homme trapu, vous ne supportez pas le goût de ce navarin.

— Je le mange pourtant.

— Non. Vous vous forcez à l'avaler.

— Vous plaisantez ? — Darby grimaça un sourire. — Il est drôlement bon, ce navarin.

— Je n'en prendrais pour rien au monde. Et je vais vous dire une chose. Cela fait des années que je mange dans cette gargote ; je me fie à eux pour tout, sauf pour le navarin.

Darby haussa les épaules d'un air dégagé.

— Ma foi, chacun ses goûts. Il se trouve que je l'apprécie.

— Il se trouve que vous le détestez. Donc, récapitulons. Pour je ne sais quelle raison, vous vous infligez une autopunition.

Le café arriva. Darby le remua lentement.

— Pourquoi ?

L'homme trapu croisa les bras sur le comptoir.

— Je crains fort que ce ne soit un gros problème. Si nous pouvions en parler pendant un mois, nous finirions peut-être par faire un petit pas vers la réponse.

Darby but son café à petites gorgées.

— Ce n'est sûrement pas aussi grave. — Il sortit des cigarettes. L'homme trapu en accepta une et le remercia. Ils fumèrent un moment sans parler, puis Darby murmura : — N'y pensez plus.

Il se leva et sortit.

Mais, une fois dans Eighth Street, il sentit contre sa tête la pression d'un écho. La voix de l'homme trapu.

C'était un marteau, et il avait plus de force que le vent de janvier soufflant du Delaware.

En fait, ce n'était pas du tout un écho. La voix était bien réelle. Il sentit une main sur son bras. Il se dégagea vivement, presque avec violence, et il entendit l'homme trapu déclarer :

— Parlons de ce complexe.

Il émit un grognement rauque, bestial :

— Déguerpissez.

L'homme trapu s'approcha de nouveau :

— Allons, ne faites pas l'idiot.

— Je vous ai dit de déguerpir. Mêlez-vous de vos oignons.

— Écoutez, l'ami, je veux simplement vous aider.

— Qui a dit que j'avais besoin d'aide ?

— Moi. Je le sais. — Il brandit un doigt épais et l'agita en signe d'avertissement. — Vous êtes dans un triste état.

— C'est mon affaire.

— Écoutez, l'ami, dit l'homme trapu d'un ton solennel. Dans votre état d'esprit actuel, vous risquez de vous fourrer dans le pétrin.

Il s'éloigna à reculons, en considérant l'homme trapu comme si cette corpulente silhouette était un nouvel adversaire. Comme si la cigarette allumée était l'un des feux du camp ennemi.

La voix lui parvint :

— Vous voyez ce qui se passe ? Vous ne fonctionnez pas. Quelque chose est déglingué.

— Allez-vous en. Laissez-moi tranquille.

— Vous voyez ce que je veux dire ? Cette chambre des tortures devient inconfortable. C'est vous-même qui vous y êtes enfermé, mais vous voulez croire que c'est quelqu'un d'autre.

— *C'est* quelqu'un d'autre.

— Mauvais, ça, l'ami. C'est une très mauvaise façon de voir. Vous êtes allé trop loin. Vous feriez mieux de revenir.

Il crut que l'homme voulait dire qu'il était sur la chaussée et qu'il allait se faire renverser. Il tourna la tête pour voir si une voiture approchait.

— Venez, l'ami. — Avec le sincère désir d'aider, et une dose égale de curiosité. — Ce dont vous avez besoin, c'est d'un coup de main. Allons prendre un verre.

— Je savais qu'on en arriverait là. — Il sortit son portefeuille et tendit à l'homme un billet d'un dollar, en montrant les dents. — Allez-y, offrez-vous votre whisky. C'est ce que vous cherchez depuis le début.

L'homme trapu ne regarda pas l'argent. Ses yeux exprimaient le regret et la compassion. Sa voix se teinta d'impuissance :

— J'ai l'impression qu'il est trop tard. — Comme si Darby n'était pas là, il ajouta : — Je crois qu'il a vraiment perdu la boule.

Darby se concentrait sur son portefeuille, sur la délicate opération consistant à remettre le billet dans le portefeuille et le portefeuille dans sa poche.

— Je vais faire une dernière tentative, décida l'homme trapu en faisant un pas circonspect vers la zone de danger. Réglez cela avec vous-même, dit-il d'une voix pressante. Vous tout seul. Ne vous vengez pas sur quelqu'un d'autre.

— Quelqu'un d'autre ? Qui, par exemple ?

— C'est bien ce qui me tracasse : j'ignore qui. — La main trapue porta un coup d'estoc. — Si je le savais, j'irais mettre en garde cette personne.

De nouveau, le grognement rauque :

— Vous feriez mieux de rester en dehors de tout ça.

Et ce fut tout. En voyant l'homme trapu battre lentement en retraite, il se dit qu'il était débarrassé de l'obstacle et pouvait poursuivre son plan. Il se remit en marche vers le nord.

Il tourna au coin de la rue. L'enseigne rougeoyante proclamait : *Droguerie de Pete, Prix Réduits.*

A pas lents, il se dirigea vers la boutique, en restant sur l'autre trottoir. Il se posta juste en face de la boutique, de façon à voir tout ce qui se passait à l'intérieur. Il y avait du monde dedans, et une vive lumière se déversait dans la vitrine, derrière le néon vert. Il dénombra cinq clients et vit Pete Lanson présenter une fiole à une femme harassée qui portait un bébé dans les bras.

Il jeta un coup d'œil à sa montre. Sept heures vingt. Bon, il n'avait qu'à attendre tranquillement l'heure de fermeture. Le moment où M. Joli Cœur serait seul. Il alluma une cigarette, aspira la fumée avec satisfaction et s'adossa au mur en brique de l'immeuble.

Il fuma sa cigarette et en alluma une autre.

Sept heures et demie. Il se demanda à quelle heure fermait le magasin. C'était un quartier où les commerçants restaient ouverts tard ; peut-être que la boutique ne fermerait pas avant dix ou onze heures. Ça ne rimait à rien de rester là à attendre. En outre, c'était carrément insensé de se faire repérer dans cette rue.

Il essaya de réfléchir où il pourrait aller. Dans un bistrot, peut-être. Mais il ne buvait pas et ne pourrait pas rester au bar à occuper de l'espace pour rien. Évidemment, il pouvait aller au cinéma ; mais il ferait chaud dans la salle et il risquait de s'endormir et de se réveiller trop tard. Sinon, il avait aussi des amis en ville ; il pouvait toujours aller leur rendre visite pour tuer deux ou trois heures...

Mais brusquement, il se dit que ça pourrait être plaisant d'aller à Kensington. En souvenir du bon vieux temps, pour ainsi dire. Après tout, six ans, c'était long. Il se demanda si elle avait changé. Harry avait eu raison de dire qu'elle avait une allure phénoménale. Du front au menton, le visage était une blanche fleur, d'une parfaite élégance. Il y avait très peu de visages comme celui de Geraldine. En tout cas, ce serait chouette de la revoir.

Il alla jusqu'à Ninth Street et monta dans un taxi.

CHAPITRE X

Le taxi, en route pour Kensington, patinait et dérapait sur la chaussée glissante. Le chauffeur s'excusa de ne pas avoir de chaînes à ses pneus et expliqua que quelqu'un les lui avait prises par erreur, le matin au garage. Darby déclara que ça ne le gênait pas. Le chauffeur dit que c'était dangereux de conduire sans chaînes par ce temps-là mais que ça n'était vraiment pas sa faute. Il déclara qu'il se faisait un point d'honneur de garantir la sécurité à ses passagers et que cette histoire de chaînes l'ennuyait sincèrement. Darby lui dit de ne pas s'en faire pour cela.

Peu après, non loin de Leigh Street, le taxi fit une embardée et entra en collision avec un tramway.

Venant des deux côtés de la rue, des badauds s'attroupèrent. C'était toujours intéressant, un taxi mêlé à un accrochage. Les gens, pour des raisons qu'ils ne cherchaient pas à analyser, n'avaient pas une sympathie excessive pour les conducteurs de tramway ni pour les chauffeurs de taxi. Ils s'attroupèrent et furent vivement déçus de constater qu'il n'y avait pas de gros dégâts.

Mais le conducteur du tramway était vindicatif. Les poings fermement pressés sur les hanches, il se recula pour laisser le chauffeur descendre de son taxi. Il attendit que le chauffeur eût examiné le phare brisé du tram et la calandre enfoncée du taxi, puis il dit :

— Alors, satisfait ?

— La chaussée est une vraie patinoire, dit le chauffeur.

— Et vos chaînes, bon Dieu ?

Le chauffeur lui fit face.

— Après qui vous gueulez, au juste ?

— Après vous. — Le conducteur du tram brandit un long doigt osseux sous le nez du chauffeur. — Rouler sans chaînes par un temps pareil ! Où avez-vous la tête ?

Le chauffeur inspira profondément.

— Vous n'êtes qu'un abruti, reprit le conducteur. Un foutu abruti. Parole, les chauffeurs de taxi comme vous, on devrait les interdire ! Ces cinglés qui conduisent...

— Suffit, Mac.

— Je vous dis ce que je pense, c'est tout. — Il cherchait des crosses au chauffeur de taxi. Pour lui, la tête du chauffeur symbolisait la tête de tous les passagers du tram qui lui tapaient sur les nerfs chaque jour. — Ce que je devrais faire, c'est vous casser la figure.

— Essayez, pour voir.

— Ah ! vous voulez la bagarre ? D'accord, vous allez l'avoir.

Le conducteur lui décocha un swing maladroit, auquel le chauffeur répondit par un méchant crochet du droit sur le côté de la tête. Ravie, la foule recula pour leur laisser toute la place dont ils avaient besoin. Puis, lorsqu'ils s'empoignèrent, la foule rit et les encouragea à y aller, à se démolir l'un l'autre.

Assis à l'arrière du taxi, le regard fixé sur le plancher sombre, Darby souriait vaguement en se rappelant la peau crémeuse, la douceur des épaules de Geraldine. Comme des coussins de satin. Et tous les petits détails qui, au total, donnaient quelque chose de vraiment différent. Elle se mettait du rouge à lèvres d'un orange pâle et du vernis à ongles orange. Au restaurant, elle s'asseyait à table un peu en biais, un coude sur la table, les jambes croisées, et elle lui lançait des regards obliques tout en baissant la tête pour porter la fourchette à sa bouche. Et elle avait une façon bien à elle de mettre les mains en coupe quelques centimètres sous ses seins, toujours de la même manière, quel que fût leur sujet de conversation. Comme si ce sujet de conversation, quel qu'il fût, n'était pas bien important. Par contre, ses seins étaient plutôt jolis, n'est-ce pas ?

En vérité, ses seins étaient très jolis. Ils saillaient d'une façon un peu paresseuse et devenaient visibles seulement dans ces moments-là, même si elle était dans la pièce depuis une heure. Pas très gros, mais fermes et bien bombés. Et en descendant, les lignes étaient minces, d'une gracieuse réserve, discrètement suggestives. Et ainsi tout du long, jusqu'au bout des orteils aux ongles orange.

Évidemment, il y avait six ans de cela. Mais comme elle avait à l'époque vingt-trois ans, il y avait des chances pour qu'aujourd'hui, à vingt-neuf ans, elle n'eût pas perdu grand-chose de sa beauté. Peut-être n'en avait-elle rien perdu du tout. Peut-être même qu'elle s'était encore épanouie.

L'électricité des pâles yeux bleus. Et le chatoiement des cheveux blond platine, comme la surface d'un étang au clair de lune.

Sur la chaussée verglacée, le chauffeur de taxi reçut un crochet du gauche sur l'oreille, fit un moulinet dans le vide, reçut un autre crochet du gauche sur la même oreille, saisit le conducteur par la manche, l'attira contre lui et lui envoya un coup de pied dans le tibia. Le conducteur se plia en deux et donna un coup de tête dans le ventre du chauffeur de taxi. La foule poussa des cris de jubilation.

Darby secoua lentement la tête : il n'était pas d'accord avec ce qu'avait dit Harry Clawson. Harry avait dit que Geraldine était un véritable poison, et ce n'était pas totalement exact. Certaines fois, elle savait se montrer douce comme le miel, un miel de qualité supérieure, pas du tout épais ni poisseux, ni trop sucré. Juste la bonne saveur. De sorte que l'air, tout autour d'elle, était rempli de jolis petits points d'interrogation et de sons inouïs, comme le léger tintement de ravissantes petites clochettes.

Il y avait des fois où elle parlait d'un air absent, mais ses propos avaient tout de même un sens ; ainsi, lorsqu'elle exprimait sa paisible rancune contre un monde qui, assurément, avait besoin d'un nouveau déluge. Sa rancune contre la cupidité et l'hypocrisie. Contre la corruption camouflée. Contre les sales chiens à deux pattes dont la place n'était pas dans la même rue que les chiens à quatre pattes, beaucoup plus propres. Un autre déluge, insistait-elle calmement, était surtout indispensable pour des raisons d'hygiène. Et elle nuançait toujours ses affirmations, citant des faits et des chiffres à l'appui de sa thèse lorsqu'il protestait que les choses n'allaient quand même pas aussi mal.

Dans la rue, une partie des badauds dut s'écarter pour ouvrir un passage au chauffeur de taxi, qu'un violent coup de poing sur le nez envoya faire un vol plané. Ils laissèrent le chauffeur de taxi s'effondrer. Le conducteur glissa sur le verglas, perdit l'équilibre, tomba sur la hanche et ne put se relever.

A l'arrière du taxi, l'obscurité, douce et veloutée, était remplie d'agréables souvenirs, de petits points d'interrogation et de petites clochettes. Et du léger arôme épicé de ce parfum japonais spécial qu'elle se procurait on ne savait où. Elle lui avait dit qu'il était à base d'oranges, afin de s'harmoniser avec les lèvres et avec les ongles. Et parfois, elle mettait un ruban orange dans ses cheveux blond platine.

Le chauffeur de taxi ouvrit la portière et s'installa au volant. Il démarra, passa la marche arrière, se dégagea des rails du tramway et reprit sa route vers Kensington Avenue. Il conduisait d'une seule main ; de l'autre main, il se tamponnait sporadiquement la bouche, le nez et l'oreille gauche avec son mouchoir.

Darby contemplait le plancher en souriant placidement.

A l'angle de Kensington et d'Allegheny, il regarda s'éloigner le feu arrière du taxi, petit œil rouge qui clignota en signe d'adieu avant de disparaître au bout de la rue enneigée.

Il traversa Allegheny Street et s'engagea dans Kensington. A mesure que la rue s'éloignait du carrefour commerçant, les devantures des magasins diminuèrent de largeur, pour devenir graduellement de minables petites boutiques qui luttaient pour survivre. Certaines d'entre elles étaient déjà mortes : dans les vitrines, à la place des marchandises, il y avait un rideau, pour bien montrer que ça ne payait pas de rester dans les affaires.

Il tourna dans une rue adjacente, passa devant un tailleur, un bureau de tabac, devant une rangée de maisons collées les unes contre les autres, comme s'il y avait un prix sur la lumière du soleil. Çà et là, il croisait une étroite ruelle. Certaines n'étaient même pas des ruelles, mais de simples rubans d'espace entre les murs. Pas assez larges pour qu'on puisse se glisser à travers, sauf les gosses, qui les trouvaient bien utiles quand ils jouaient à cache-cache. Il dépassa l'un de ces étroits ravins et s'arrêta net, regardant une devanture où on ne voyait qu'un rideau.

Il y avait fort à parier qu'elle n'habitait plus ici. Elle avait dû quitter le quartier depuis des années. C'était drôle qu'il eût considéré comme acquis qu'elle serait encore là.

Il se recula un peu, afin d'avoir une vue plus large de la façade. Les souvenirs flottaient en petits cercles. Les nombreuses fois où, après qu'elle lui eut souhaité bonne nuit et qu'elle eut fermé la porte, il était resté debout là. A se demander pourquoi elle refusait de se laisser embrasser. A se demander quand il finirait par la connaître vraiment. A se demander pourquoi il se tracassait pour ça.

Et en cet instant, ce fut comme si elle venait de lui dire bonsoir et de fermer la porte. Il sentit que, malgré toutes les raisons de croire qu'elle avait déménagé, elle habitait toujours là. Il s'avança vers la porte et sonna.

Il sonna plusieurs fois. Après tout, il avait tout le temps. Il n'avait aucune destination particulière. Pas avant deux heures, en tout cas.

Il continua à sonner pendant plus d'une minute. Puis la porte s'ouvrit et il vit Geraldine.

La même Geraldine. Les mêmes yeux vert pâle. Et les cheveux blond platine. Elle était là, sur le seuil, enveloppée dans un manteau de fourrure bon marché qui avait perdu beaucoup de sa fourrure. Elle portait des souliers à talons plats et l'un de ses bas était détendu. Mais elle avait son rouge à lèvres orange et son vernis à ongles orange. Et les seins, quoique recouverts du manteau de fourrure, étaient bien visibles. Elle n'était pas habillée pour recevoir un visiteur, mais cela n'avait aucune importance. Comme l'avait dit Harry six ans plus tôt : l'allure était phénoménale.

L'espace d'une fraction de seconde, ses yeux s'agrandirent. Ses lèvres s'entrouvrirent. Mais ce fut tout. Son visage reprit aussitôt l'expression qu'il avait eue autrefois, toutes ces nuits où elle venait lui ouvrir la porte.

Et c'est de la même voix qu'elle dit :

— Je savais que tu reviendrais.

Il sourit.

— Entre donc, dit-elle.

Il la suivit à l'intérieur et traversa les mêmes vieilles pièces, longea l'étroit couloir conduisant au même vieux salon.

Rien n'avait changé, à part que, sur le devant, ce n'était plus une confiserie. Juste une pièce vide, avec de vieux journaux sur le plancher. Mais ici, dans le salon, c'était exactement comme avant. La même moquette. Et le divan.

— Enlève ton manteau, dit-elle.

— Il fait froid là-dedans.

D'un geste, elle indiqua le petit radiateur électrique.

— Ce sale engin est en panne. J'ai appelé le réparateur trois fois.

— Je pourrais peut-être l'arranger.

— Tu penses y arriver ?

— Je vais essayer.

Il découvrit très vite que la prise était à l'origine de la panne. Le fil était desserré. Il entreprit de resserrer les brins.

— Eh bien ! dit Geraldine, le voilà de retour.

Elle éclata de rire. Il se concentra sur le fil.

— Tu as du sparadrap ?

— Certainement.

Son petit rire ironique traîna derrière elle lorsqu'elle sortit de la pièce.

Elle revint avec le rouleau de sparadrap et le lui tendit. Il en enroula un bout autour du fil resserré et fixa le fil dans la prise. Puis il brancha l'appareil. Le devant du radiateur vira à l'orange.

Elle retira son manteau de fourrure. Elle portait dessous une robe en laine grise. Il s'aperçut que l'une des manches était reprisée et il comprit, en cet instant, qu'il y avait eu malgré tout un changement. Sur le plan de l'argent qu'elle pouvait se permettre de dépenser pour s'habiller. Elle avait toujours été exigeante en matière de vêtements, même lorsqu'elle avait très peu d'argent. Elle avait même avoué, plusieurs fois, s'être privée de déjeuner afin de ne pas devoir acheter des chaussures de moins bonne qualité.

Il se demanda s'il y avait de quoi manger dans l'appartement. Mais elle n'avait pas l'air de mourir de faim. Et elle semblait parfaitement se contenter des vieux meubles et de ses vêtements râpés.

— Assieds-toi, dit-elle. Fais comme chez toi.

Il enleva son raglan et prit l'une des chaises disposées autour de la table ronde, au centre de la pièce. Il lui proposa une cigarette mais elle refusa d'un signe de tête. Il s'en alluma une. Il n'y avait pas un bruit dans la pièce.

Puis il entendit la voix ronronnante :

— Hello, Alvin.

Sur le divan, les yeux verts brillaient. Et les mains étaient croisées quelques centimètres sous les seins. Avec les petits points d'interrogation qui flottaient tout autour, et les clochettes.

Quelque chose le souleva de sa chaise et lui fit traverser la pièce. Il se retrouva sur le divan avec Geraldine. Un rideau de brume s'abattit lentement sur toutes choses et les couleurs se mêlèrent, comme des couleurs se diluant dans une flaque d'huile. C'était comme si le divan s'éloignait de l'embarcadère du temps pour grimper vers les hauteurs, très haut, là où il n'y avait ni heures, ni jours ni années.

Le parfum japonais était presque une vague de sons. Il fredonnait un petit air langoureux où il était question d'une fille, Geraldine, qui avait des yeux et des oreilles, des bras et des jambes, comme n'importe quelle fille, mais qui n'était certainement pas n'importe quelle fille. Cette façon qu'elle avait de lui déboutonner sa chemise... Dans la vie de tous les jours, cette opération consistait simplement à retirer des boutons de leurs boutonnières ; mais avec Geraldine, c'était une danse lascive des doigts, la danse ondulante, aérienne, de dix petits lutins au pays des merveilles.

La main de Geraldine sur sa poitrine nue était du satin et de la crème tiède, tiède et fraîche en même temps. Elle murmura quelque chose qu'il n'entendait pas, mais il reconnut la présence de ce son, le timbre assourdi d'une cymbale, le signal lui annonçant qu'il était temps de mettre fin à l'attente pour retourner une nouvelle fois dans la chambre du vert brasier.

Mais soudain il entendit une autre cymbale, lointaine et pourtant plus forte, plus pressante que celle qui jouait dans la pièce. En cet instant, alors qu'il sentait le premier contact des lèvres orange, il s'écarta.

Il se leva du divan et reboutonna sa chemise. Il redressa sa cravate, arrangea sa veste et enfila son raglan. Il se dirigea vers la porte, conscient de la brusquerie, de la franche grossièreté de son départ précipité, mais il ne pouvait rien y faire.

Dans le hall, il entendit la voix de Geraldine :

— Bonsoir, Alvin.

Il sentit à sa voix qu'elle souriait avec assurance. Pour l'avertir que c'était seulement un « bonsoir », rien de plus. Pour lui faire comprendre, en douceur, qu'il ne pourrait jamais dire vraiment adieu à Geraldine.

CHAPITRE XI

Sur le cadran de sa montre, les aiguilles indiquaient neuf heures et demie. Il était installé dans un taxi qui roulait vers le centre ville. Le cou du chauffeur émergeait du siège avant, épais morceau de viande rouge sous les cheveux d'un blanc neigeux. Les épaules, larges et musclées, dégageaient une sorte d'obstination qui s'accordait à l'allure du taxi, lequel avançait comme une mule.

— Écrasez le champignon, dit Darby.

Il n'y eut aucune réaction sur le siège avant et le taxi n'alla pas plus vite.

— Vous m'entendez ? dit Darby. On n'avance pas !

Le chauffeur ne répondit toujours pas ; délibérément, il leva le pied de l'accélérateur.

— Dites donc, vous ! — Darby se pencha en avant. — Vous êtes sourd ou quoi ?

— Du calme, Jack. — Le chauffeur avait une voix grondante comme une avalanche de rochers. — Vous en faites pas.

— Justement si. Je suis pressé.

— Désolé, Jack, je n'y peux rien. Je roule avec des chaînes.

Mais c'était vraiment à croire que le chauffeur le faisait exprès. Le taxi se traînait.

— Écoutez-moi. — Darby n'avait pas du tout conscience de la glaciale dureté de sa voix. — Je vous ai dit d'aller plus vite. Je ne le répéterai pas.

Le silence du chauffeur devint un silence d'une autre nature. Chargé d'inquiétude.

Mais les épaules demeurèrent obstinées et le taxi continua de se traîner.

Et le chauffeur dit :

— D'accord, allez-y, plaignez-vous à la compagnie.

— Jamais de la vie. Si vous savez où est votre intérêt, vous allez enfoncer cette pédale.

Le chauffeur tourna la tête et vit l'homme assis à l'arrière, les cheveux blonds ébouriffés, le visage dépourvu de toute expression. L'homme était affalé sur la banquette, le col de son pardessus remonté, les mains dans les poches.

Mais il y en avait des tas qui jouaient les caïds sans être vraiment des durs. Certains n'étaient que des ballots qui éprouvaient le besoin de crâner.

Le chauffeur décida d'en avoir le cœur net. Sur cette chaussée verglacée, ç'aurait été de la folie d'aller plus vite, même avec des chaînes. Et comme il avait lui-même un caractère peu commode, la situation était intéressante pour lui.

— Si vous n'êtes pas content, dit-il à son passager, je me range près du trottoir. Vous n'aurez qu'à descendre.

— Roulez.

Le ton de voix laissait clairement entendre au chauffeur qu'il avait intérêt à conduire le taxi, et sans faire le mariole.

— Et pressez le mouvement. Brûlez-moi ce feu rouge.

Malgré lui, le chauffeur appuya sur l'accélérateur et brûla le feu rouge.

— Voilà qui est mieux, dit Darby. Maintenez l'allure. Rattrapez le temps perdu.

Le chauffeur tourna à demi la tête :

— Au nom du ciel...

— La ferme.

— Non mais dites donc...

— La ferme, j'ai dit.

Les massives épaules se haussèrent et s'abaissèrent. Pourquoi chercher des ennuis ? Le taxi faisait du cinquante à l'heure. A l'arrière, la voix dit au chauffeur d'aller plus vite ; le compteur monta à soixante. Plus vite, dit la voix.

Finalement, le chauffeur posa la question. Ce fut plus fort que lui.

— Qu'est-ce qui se passe, Jack ? Vous fuyez la police ?

— Non, je veux être exact à un rendez-vous.

— Avec quoi ? Un incendie ?

— Avec un homme. — Le cerveau embrumé, contraint de trouver une échappatoire, Darby en oublia sa stratégie. — Un Don Juan. Un gars malin, vraiment malin. Je veux voir s'il a l'air aussi malin quand il est au tapis.

— Z'allez l'assommer ?

— Pas l'assommer. Le couper en rondelles.

Le chauffeur se dit qu'il avait été bien inspiré d'accélérer l'allure. Il n'y avait pas à s'y tromper : la voix, derrière, ne plaisantait pas.

Le type ayant l'air assez disposé à parler, le chauffeur demanda :

— Qu'est-ce qu'il a fait ?

— Il m'a pris ma femme.

Le chauffeur sourit intérieurement. Il éprouvait une grande affection pour ceux de ses passagers qui avaient des déboires conjugaux. Grâce à eux, son boulot de chauffeur de taxi semblait presque digne d'intérêt. Pendant qu'ils lui parlaient, assis sur la banquette arrière, il laissait le taxi avancer tout seul ; lui, il fixait la route à travers le pare-brise mais, en réalité, il contemplait l'agréable spectacle des malheurs des autres hommes. Ça lui faisait oublier un moment les malheurs qu'il avait avec sa propre épouse, une femme obèse qu'il aurait étranglée avec joie. De même que le petit Filipino.

Mais ses pensées dans ce domaine n'étaient rien que de vagues désirs ; c'est pourquoi il enviait étrangement cet homme décidé, lui, à ne pas laisser passer l'occasion, sacrément décidé à agir.

— Si vous tailladez ce salaud, dit-il à son passager, donnez-lui un coup de couteau de ma part.

Le taxi descendit Eighth Street dans un bruit de chaînes. Il dépassa Spring Garden, Buttonwood et s'arrêta à l'angle de Eighth Street et de Vine Street.

Darby descendit et donna au chauffeur un pourboire d'un dollar.

Quelques instants plus tard, il vit une femme entre deux âges sortir de la boutique portant l'enseigne : *Droguerie de Pete, Prix Réduits.*

Il attendit au coin de la rue que la femme arrive à sa hauteur, puis il se mit au milieu du trottoir pour lui faire face.

— Excusez-moi, madame...

Elle eut un petit geste craintif.

— Qu'est-ce que c'est ?

— Ce magasin d'où vous sortez... Jusqu'à quelle heure est-il ouvert ?

Il dit cela d'un ton dur, officiel, qui exigeait une réponse précise et rien d'autre. La police pratiquait souvent des contrôles dans ce quartier ; la femme décida de dire au flic ce qu'il voulait savoir et de retourner à ses affaires.

— Il ferme à onze heures, dit-elle.

— Tous les soirs ?

Elle hocha vigoureusement la tête.

— Onze heures pile.

— Bien, dit-il sèchement. Merci.

Il traversa la rue et tourna dans Eighth Street. Il regarda sa montre et constata qu'il était dix heures moins dix.

En levant la tête, il vit, loin devant, les trois boules dorées qui se balançaient légèrement. Une vive lumière provenait de la vitrine où étaient entassés des bijoux de pacotille, des caméras, des mandolines et des porte-documents.

Il descendit Eighth Street et s'arrêta devant la maison de crédit. A l'intérieur, trois jeunes gens discutaient avec un petit homme chauve aux yeux énormes derrière des lunettes à double foyer.

Ils arrivèrent finalement à un accord et les trois jeunes gens sortirent. Lorsqu'ils passèrent devant Darby, ils discutaient âprement. Deux d'entre eux voulaient retourner jouer aux dés. Le troisième, celui qui avait l'argent, voulait rentrer chez lui.

Darby alluma une cigarette. Il surveillait d'un œil à la fois critique et anxieux les articles exposés en devanture, comme s'il avait vraiment besoin d'un de ces objets mais n'était pas bien sûr que celui-ci ferait l'affaire.

A l'intérieur du magasin, les yeux exercés du petit homme procédaient à une lente estimation du raglan. Excellente qualité, jugea-t-il ; il aurait néanmoins aimé tâter le tissu pour être bien sûr. Il remarqua alors l'affligeant désordre des cheveux blonds et il se dit que le portefeuille de l'homme devait être plus ou moins vide ; le pardessus n'était qu'un souvenir de jours meilleurs.

A présent, Darby avait repéré l'objet qu'il désirait et se demandait si son jumeau était dans la boutique. Son cerveau, parfaitement géométrique, présentait les angles nets d'une stratégie mise au point avec précision. Il fallait qu'il se procure cet objet sans l'acheter.

Il entra dans la boutique.

Le petit homme chauve l'accueillit d'un sourire :

— Oui, monsieur ?

Ce qu'il voulait regarder, c'était les boîtes d'étalage. Mais pas tout de suite. Pour le moment, il devait faire semblant de s'intéresser à tout autre chose. A un saxophone, par exemple. Il revint douze ou treize années en arrière, à l'époque où il jouait du saxo dans l'orchestre du lycée.

— Je voudrais un saxophone soprano. Si bémol.

Le petit homme chauve se tourna vers une rangée de saxophones suspendus à un ratelier, derrière le comptoir.

— J'ai ici un excellent choix.

— L'argenté, là. — Darby l'indiqua du doigt. — Montrez-le moi.

L'homme décrocha du ratelier le soprano argenté et le tendit à Darby. Il attendit avec tact pendant que son client examinait attentivement le saxophone. Darby essaya toutes les clefs, les reessaya, puis secoua la tête.

— Le rembourrage n'est pas bon.

— Ça ne vous coûterait pas grand-chose de le refaire. Je vous consentirai un prix.

— Non, dit Darby. Les réparations coûtent trop cher. Celui-ci ne fait pas l'affaire. Voyons celui-là.

C'était un vieil instrument plaqué or, d'une couleur jaune sombre parce que le placage était parti. Il pressa les boutons en nacre, retourna plusieurs fois le saxo entre ses mains et hocha la tête d'un air approbateur.

— Combien ?

— Presque rien. — Le cerveau du commerçant jonglait avec des chiffres. Ce vieux saxo était pratiquement invendable et ne faisait que prendre de la place. — Il est à vous pour trente dollars.

— Trop cher, dit Darby.

— Bon, je vous fais un cadeau. Vingt-cinq.

— Quinze.

L'homme eut un rire mielleux.

— Vous y allez fort ! Le Français qui l'a fabriqué se retournerait dans sa tombe. Neuf, ce saxo valait deux cents dollars.

— C'était avant ma naissance, dit Darby.

L'homme prit l'instrument des mains de Darby et l'étudia sur sa longueur, tentative maladroite pour faire croire qu'il s'y connaissait en saxophones. En levant la tête, il vit Darby qui souriait d'un air amusé. Il lui rendit son sourire, pour faire comprendre au musicien qu'il essayait seulement de gagner sa vie.

— Tenez, dit-il, je vous le laisse pour vingt dollars.

Darby acquiesça d'un signe de tête.

— Marché conclu.

Il attendit, sachant ce qui allait suivre.

— Un étui pour le ranger ? proposa l'homme.

— Si vous en avez, dit-il.

Car il n'y avait pas d'étuis de saxophones en vue et, maintenant, tout dépendait de cela : le fait que les étuis étaient quelque part dans l'arrière-boutique.

— J'en ai quelques-uns derrière, dit l'homme.

L'air détaché, Darby contourna le comptoir pour examiner les autres saxophones. Il regarda l'homme se diriger vers le fond de la boutique, attendit qu'il eût disparu derrière une porte. Après, ce fut très rapide : il pivota vers l'éventaire contenant les 22 et les 38 au canon luisant, les canifs, les couteaux à cran d'arrêt et les couteaux de chasse dans leurs gaines de cuir. Il s'approcha du couteau que ses yeux avaient caressé pendant la conversation, le parfait jumeau du couteau de chasse exposé en devanture. Il s'en saisit et le glissa dans la profonde poche de son raglan.

Le couteau était maintenant un complice qui ne pourrait pas témoigner ni œuvrer contre lui. Plus tard, quand les flics poseraient des questions, le gars de la boutique de prêt ne pourrait pas dire qu'un homme blond vêtu d'un raglan avait acheté un couteau. Quatre-vingt-dix-neuf fois sur cent, c'était l'arme qui trahissait le meurtrier. Ils avaient toutes sortes de méthodes pour retrouver l'origine de l'arme. Mais cette arme-là, ils n'en retrouveraient jamais l'origine.

Il sortit de derrière le comptoir et se mit à flâner dans la boutique, regardant des gants de boxe, les cannes à pêche et les valises en imitation cuir. Soudain il s'immobilisa, les membres raidis.

Comme s'il avait devant les yeux un miroir lui montrant ce qui se passait derrière lui, il sut qu'il était observé.

Il se tourna et les vit devant la boutique.

Ils étaient deux. Un tout petit homme à face de rat et un colosse portant une casquette à carreaux en loques et une vareuse de matelot. Les yeux, le nez et les lèvres formaient un ensemble cosmopolite, quelque part entre Dublin et Shangaï. Deux inquiétantes créatures de la nuit, qui regardaient Darby en grimaçant un sourire.

Sa panique ne dura qu'un moment. Après, ce fut de nouveau la stratégie, dont le motif demeura géométrique, sans aucun changement. Il sourit à son tour aux deux types qui l'avaient vu voler le couteau de chasse. Comme pour leur dire : « Attendez-moi là, j'en ai pour une minute. Nous ferons un arrangement et vous oublierez ce que vous avez vu. »

Aussi simple que cela. Car c'était tout ce qu'ils voulaient. Deux dollars chacun, peut-être, pour poursuivre leur chemin et oublier qu'ils l'avaient jamais rencontré.

Le petit homme chauve sortit de l'arrière-boutique, ployant sous le poids de plusieurs étuis de saxophones. Il vanta la qualité du cuir, celui-ci du crocodile véritable, celui-là de la vachette véritable. Darby opta pour celui en carton.

— Huit dollars, dit l'homme.

Darby estima que l'étui valait au plus trois dollars. Mais il fallait bien compter cinq dollars pour le couteau de chasse.

L'homme attendit placidement que le marchandage commence, prêt à céder l'étui pour deux dollars et demi, et il cligna des yeux derrière ses lunettes à double foyer en voyant Darby sortir son portefeuille. Vingt dollars pour le saxo, c'est bien cela. Et huit dollars pour l'étui. Merci, monsieur. Dois-je vous l'envelopper ?

Darby secoua la tête. Il rangea le saxo dans l'étui, cala l'étui sous son bras et sortit de la boutique, en feignant d'ignorer le géant et le nabot, qui durent s'écarter pour le laisser passer. Mais il attendit qu'ils lui emboîtent le pas.

Il fit dix grandes enjambées, s'arrêta et se retourna, tout en se glissant dans l'ombre d'une porte cochère. Les autres marchaient lentement vers lui ; le grand avait les mains dans les hautes poches de sa vareuse, le petit se curait les dents avec l'ongle du pouce.

Ils venaient vers lui, tandis que le vent mordant venait de l'autre direction. Mais il ne sentait pas le vent, et l'approche des inconnus ne le gênait pas. Il mit une cigarette entre ses lèvres et gratta une allumette.

Ils arrivèrent comme pour un rendez-vous convenu d'avance. D'un mouvement du menton, le géant indiqua la cigarette de Darby.

— Z'en avez une autre ? dit-il.

Le petit ôta le doigt de sa bouche.

— J'en prendrai une aussi.

Darby tendit le paquet, alluma leurs cigarettes et tira tranquillement sur la sienne.

Une lumière rosâtre émanait de la cage d'escalier de l'asile de nuit. Elle éclaira le géant, accentuant ses yeux bridés et son nez irlandais. La bouche, elle, n'avait aucun type particulier. C'était une sorte de gueule béante, jamais fermée, pleine d'énormes crocs ébréchés et plantés dans des gencives grisâtres. Ses lèvres épaisses claquèrent mollement lorsqu'il dit :

— On vous a vu le prendre.

Darby hocha la tête et attendit.

Le nabot s'avança avec précaution. Ses yeux de rat admirèrent le raglan, s'attardèrent sur la riche texture du tweed pour s'arrêter finalement sur l'étui du saxophone.

— Acheter un saxo et voler un couteau. A quoi ça rime ?

Darby ne répondit pas. Il continua d'attendre.

Le colosse ôta sa casquette et passa ses gros doigts dans ses cheveux d'un noir de jais, qui n'avaient pas été coupés depuis des mois mais étaient brillantinés matin et soir. Les doigts descendirent vers les favoris broussailleux pour caresser les poils durs de la mâchoire rougeaude.

— Ouais, se demanda-t-il tout haut. A quoi ça rime ?

— Je n'en ai aucune idée, dit le nabot.

Darby souffla la fumée vers ses chaussures.

— Cela nécessite-t-il une explication ?

Ils secouèrent la tête, et le géant dit :

— Tout ce que ça nécessite, c'est du liquide.

— Dites un chiffre, murmura Darby.

Le petit ouvrit la bouche :

— Disons...

— La ferme, Rook, ordonna le colosse.

Rook ferma la bouche. Il y eut un silence, puis Rook tira le colosse par la manche.

— Allez, Chango, finissons-en. On va pas y passer la nuit. Donne-lui un prix.

Chango braqua vers Darby son grand sourire épanoui, puis, d'un geste nonchalant, il saisit les doigts de Rook dans son immense patte et les tordit. Les lèvres de Rook se figèrent de douleur.

— Je t'ai dit de la fermer.

La voix de Chango, douce et pâteuse, exprimait une étrange tendresse qui disait à Rook qu'ils seraient toujours copains mais que c'était Chango le patron. Il lâcha les doigts de Rook, fit disparaître son sourire et s'adressa à Darby sur le ton résolu de l'homme d'affaires :

— Cinquante dollars.

Darby secoua la tête.

— Quarante, dit Chango.

— Pas question, murmura Darby.

Et, curieux de voir ce qui se passerait s'il tournait les talons, il esquissa un demi-tour. La grande main se posa sur son bras, très doucement, mais fermement, pour bien préciser que Chango avait des muscles d'acier.

— Vous avez commis un vol, dit Chango en resserrant son étreinte sur le bras de Darby, comme s'il était un représentant de la loi. Si vous allez en taule, vous tirerez six mois.

Darby regarda les yeux de Chango, vingt centimètres plus haut que les siens.

— Lâchez-moi le bras ou je vous casse les dents.

L'espace d'un instant, Chango fut éberlué. Puis il fut ravi. Il braqua sur la fouine un rictus étonné.

— Tu entends ça, Rook ? Il dit qu'il va me casser les dents. Et il a l'air de parler sérieusement.

Il lâcha le bras de Darby et se recula, à la fois satisfait et surpris.

— Ouais, il parle sérieusement. Un vrai coq de combat, pour sûr. Je parie qu'on s'amuserait bien avec lui.

Darby ne releva pas. Il sortit son portefeuille et tendit un billet de cinq dollars.

— Deux dollars et demi chacun. A prendre ou à laisser.

Rook eut une moue méprisante, mais son regard était fixé sur le billet.

— Vous plaisantez ?

— Non, dit Chango. Y plaisante pas. Je m'en rendrais compte. Il n'ira pas une dime plus haut.

Chango prit le billet de cinq dollars.

— Voilà qui conclut le marché, dit Darby.

Mais pour Chango, qui empochait l'argent, le marché paraissait secondaire. Le regard rivé sur Rook, il braqua son pouce vers le raglan.

— Ce citoyen me plaît. Il sait ce qu'il fait.

— Tu crois ? — La tête penchée, Rook scrutait le visage sans expression sous les cheveux blond paille. — Moi, je vais te donner mon opinion. Mon opinion, la voilà.

Et il décrivit avec l'index un petit cercle contre sa tempe.

C'était là un aspect de la question que Chango n'avait pas considéré. Et, maintenant qu'il le considérait, il le trouvait intéressant.

— Possible, marmonna-t-il enfin. — Puis, comme si Darby n'était pas là, il ajouta : — C'est dans cette rue-là qu'ils viennent.

Darby rit intérieurement. Il s'ouvrit un passage entre les deux hommes et poursuivit son chemin vers le nord, sur Eighth Street. Ils le suivirent des yeux, l'air perplexe. De nouveau, Rook décrivit avec l'index un petit cercle contre sa tempe.

L'enseigne proclamait : *Droguerie de Pete, Prix Réduits.*

Immobile de l'autre côté de la rue, il contemplait l'enseigne. Il avait les yeux écarquillés et brillants, comme s'il se passait quelque chose de terrible — mais il ne se passait rien. Seulement, dans sa tête, un édifice soigneusement échafaudé s'effondrait : l'édifice de la stratégie. Il sentait tous les éléments quitter l'un après l'autre le plan géométrique. Il éprouvait la même sensation que lorsque, enfant, il construisait un château de cartes avec une application et une précision extrêmes, tout cela pour le voir finalement s'écrouler sans aucune raison. Alors il se mettait en colère et envoyait promener les cartes dans toute la pièce.

Ayant repéré une poubelle près du trottoir, il s'en approcha lentement et laissa tomber dedans l'étui de saxophone. Il savait que c'était là un geste parfaitement stupide. Il pensa à tous les autres endroits où il aurait pu abandonner l'étui contenant l'instrument, tous les endroits stratégiques, autrement plus stratégiques que cette poubelle entreposée juste en face de l'enseigne qui proclamait : *Droguerie de Pete, Prix Réduits.*

Il savait que c'était une grave erreur, mais il était incapable d'y remédier. Il était incapable de regarder sa montre, incapable d'esquisser le moindre mouvement. Tout ce qu'il pouvait faire, c'était rester là, une main dans la poche, les doigts crispés autour du couteau.

Les aiguilles de sa montre indiquaient — pour des yeux qui ne regardaient pas — onze heures moins vingt.

Il était debout sur le trottoir, vingt centimètres au-dessus de la chaussée. Le trottoir devint un plongeoir, trois mètres au-dessus de l'eau.

Il sauta du plongeoir et sentit la pression de l'air qui le poussait vers le bas.

Comme si la vitrine éclairée était là, en bas, sous l'eau noire et profonde. Comme s'il n'existait ni espace ni lois physiques — ni aucune autre sorte de loi.

CHAPITRE XII

Une femme, mesurant un mètre soixante-cinq pour plus de cent trente kilos, achetait un flacon de pilules pour maigrir. Elle regarda avec envie les luisants cheveux noirs de Pete Lanson, ses traits parfaitement réguliers, son allure générale, séduisante et harmonieuse, qui s'accordait à la voix harmonieuse avec laquelle il lui vantait les mérites de ce produit. Elle imagina le moment béni où, d'ici quelques mois, lorsqu'elle entrerait dans la boutique, il la regarderait et se mettrait aussitôt à lui faire des avances.

Elle acheta le médicament, sachant bien qu'il ne marcherait pas. Rien ne marchait ; elle avait à peu près tout essayé. En se détournant pour sortir du magasin, elle se rebella. « Et puis, au diable ! » pensa-t-elle. « Rentre à la maison et sors le gâteau de riz du réfrigérateur. » A cet instant, elle vit l'homme debout près de la porte, qui lui souriait.

C'était un sourire infiniment doux. Un sourire qui disait : « Vous êtes jolie, vous me plaisez. »

Mais c'était impossible, se dit-elle. L'homme était beaucoup trop séduisant pour s'intéresser à une grosse dondon qui avait la même corpulence du haut en bas.

Avec un soupir, elle sortit. Darby continua de lui sourire. Il se sentait plein d'amitié pour cette femme qui avait la délicatesse de le laisser seul dans la boutique avec Pete Lanson.

Il entendit l'exclamation étonnée :

— Ma parole, mais c'est Al Darby !

— Hello, Pete.

Il s'attendait à voir Pete pâlir et ouvrir de grands yeux. Pete avait beau être un petit malin, un bluffeur impassible, un spécialiste du poker, il ne pourrait certainement pas cacher son effarement.

Et pourtant, si. Il contournait le comptoir avec le même sourire satiné qu'autrefois, la même démarche tranquille, comme s'il s'agissait de simples retrouvailles avec un vieil ami perdu de vue depuis des années.

Tout y était : les luisants cheveux noirs, les yeux de jais, pleins de vie et d'humour, le nez parfait au-dessus d'une fine moustache, les lèvres parfaites qui souriaient avec affabilité et semblaient dire : Cher vieux Al, je sais pourquoi tu es ici et ce que tu as dans la tête. Mais rien à faire. Je te surveillerai comme un aigle. Quoi que tu tentes, je serai prêt.

Pete n'avait pas la tenue d'un vendeur de médicaments à prix réduit. Il portait un cardigan gris anthracite par-dessus une chemise de sport à long col, gris clair, qui ne requérait pas de cravate, Son pantalon était en tweed gris et ses sandales à semelles épaisses avaient la couleur du beurre. Il avait l'air d'un mannequin pour prospectus d'agence de voyage, recommandant aux clients éventuels de partir à Miami.

A l'époque lointaine où Pete vendait des réfrigérateurs, il n'avait jamais non plus la tenue adéquate. Il donnait toujours l'impression d'être en vacances. Même aux jours les plus chauds de l'été, quand tous les autres se traînaient et n'arrivaient pas à préserver le pli de leur pantalon, Pete était frais et pimpant comme un cocktail glacé, sa chemise blanche immaculée, son pantalon impeccable comme s'il sortait du pressing.

Avec autour de lui tout un essaim de filles, dont les rires légers tentaient de camoufler le brûlant désir de ce qu'elles ne pouvaient obtenir, ce beau mâle qui se laissait apprivoiser mais non capturer. Le fascinant Lanson, le garçon le plus populaire de la bande.

Pete lui serrait la main. Juste la pression qu'il fallait. Ses yeux ne clignaient pas, mais la ruse perçait sous son sourire affable.

— Ça fait combien de temps ? susurra Pete.

— A peu près quatre ans. — Il se dit qu'il devait y aller doucement, très doucement ; et il puisa dans cette pensée une certaine maîtrise qui amena sa voix au diapason voulu. — Comme j'étais dans le quartier, j'en ai profité pour passer te dire bonjour.

Le sourire demeura sur les lèvres de Pete mais ses sourcils se haussèrent d'un rien.

— Que fais-tu dans les parages ?

Il s'attendait à cette question. Son sourire, légèrement pervers, se teinta de malice.

— Je travaille dur, Pete. Ça devient monotone. Une fois de temps en temps, j'aime bien m'amuser un peu.

— Par ici ? A Skid Row ?

Il haussa les épaules.

— Partout où j'ai envie de m'amuser. Ça dépend de l'humeur du moment.

— Toi ?

La voix, doucement incrédule, contenait le souvenir du calme et conservateur Al Darby, qui ne buvait jamais plus d'une bière ou deux et ne semblait jamais très à l'aise quand les soirées commençaient à s'animer.

La malice était toujours présente dans sa réponse :

— Pourquoi pas ?

Ce fut au tour de Pete de hausser les épaules.

— Aucune raison particulière. Mais quand même... — Son regard pensif dépassa Darby — ... s'agissant de toi, cela ne cadre pas très bien.

— Tu serais surpris, Pete.

Pete demeura quelques instants sans répondre. Son regard pensif continuait d'errer au-delà de Darby. Ce fut alors un moment important de la partie de poker, comme si le bluff de Pete avait été surpassé par cinq meilleures cartes. Ou par un meilleur bluff.

Les yeux de Pete revinrent enfin se poser sur Darby.

— Ces virées nocturnes, c'est quelque chose de nouveau ?

— Plus ou moins.

A ce stade de la conversation, Pete changea de position ; il appuya contre le comptoir son corps mince, gracieux et détendu. L'air parfaitement naturel, il laissa tomber :

— Comment m'as-tu retrouvé ?

On aurait dit un boxeur esquivant un crochet du gauche.

— Je passais par là et je t'ai vu par la vitrine.

Il se recula un peu, afin d'avoir une meilleure vue de sa cible. Ses yeux, braqués sur Pete Lanson, élargirent leur champ pour saisir toute la longueur du comptoir qui allait jusqu'à la porte du fond. Il se demanda si la porte donnait dans une ruelle ou s'il y avait une autre pièce à l'arrière. Il lui fallait distribuer les cartes très lentement et jouer serré. Car à présent, c'était du poker de professionnels, des mathématiques spéciales. Il cherchait le moyen d'amener Pete au fond de la boutique pour l'entraîner dans la pièce ou dans la ruelle qui se trouvait derrière, de l'autre côté de la porte.

Et les yeux de Pete semblaient dire : rien à faire, Al, tu ne peux pas m'avoir, je suis trop malin pour toi.

D'une voix doucereuse, Pete s'enquit :

— Dis-moi, comment va Vivian ?

— Très bien.

— C'est une fille extra, dit Pete. Je t'envie.

Il resta là à regarder Pete.

Mais Pete ne vit pas son expression. Il contemplait le plancher.

— J'ai bien l'impression d'avoir atteint le point de saturation. Cette vie de célibataire, c'est parfaitement débile. J'en ai plus qu'assez de courir la nature. La semaine dernière, j'ai pris l'avion pour Chicago. Sans aucune raison valable.

Il se demanda ce qu'il devait répondre à cela. Il décida de ne rien dire.

— Tous les soirs, reprit Pete, je ferme à onze heures et je fiche le camp comme un animal libéré de sa cage. Et puis quoi ?

— La bagatelle.

— La bagatelle, tu parles ! C'est terminé, la bagatelle. Je n'arrive pas à en sortir une seule. Certaines nuits, je me dis : Mais qu'est-ce que tu as ? Qu'est-ce que tu cherches ?

Il commençait malgré lui à s'intéresser à ce que disait Pete. Comme si Pete parlait sérieusement, comme si ça ne faisait pas partie du bluff.

— J'ai trente et un ans, poursuivit Pete, et je me sens déjà au bout du rouleau. Ces troubles d'estomac, le toubib me dit que c'est surtout nerveux. D'après lui, je suis complètement noué par l'angoisse. A cause de quoi ? Voilà ce que je voudrais savoir.

Après cela, ce fut le silence et les secondes passèrent en oscillant comme un pendule.

— Ça n'a pas de sens, dit Pete. C'est comme une course d'obstacles sans ligne d'arrivée. Je bois, je joue, je saute d'un endroit à un autre comme un lapin géant. Et l'argent ? On pourrait croire que je passe des nuits entières à imaginer des moyens de le jeter par les fenêtres. L'an dernier, j'ai fait un bénéfice net de dix mille dollars. J'en ai dépensé douze mille.

Darby posa son regard sur la montre de Pete Lanson. Le bracelet était en suède bleu marine. Les chiffres étaient des éclats de saphir.

En voyant ce que regardait Darby, Pete leva son poignet et contempla la montre avec un léger dédain.

— Quatre cent soixante-quinze dollars. Et ce n'est rien. J'ai des bagues que je ne porte jamais. J'ai une épingle de cravate à tête d'émeraude. Et tout ça pour quoi faire ?

Darby ne dit rien. Il essayait de retrouver le chemin de ses propres pensées. Mais il était apparemment entraîné dans le sillage des réflexions personnelles de Pete.

— Je vais te dire ce qui ne va pas chez moi, reprit Pete. Je m'ennuie, voilà. Je m'ennuie à en pleurer. C'est comme la grande roue. Jouer aux courses. Regarder des spectacles. Une fois que tu es sur la roue, tu ne peux pas en descendre, tu ne peux pas.

Darby se dit d'être très prudent. Ce Lanson était un vendeur dans tous les sens du terme, et il connaissait toutes les ficelles du métier. Surtout quand il s'agissait de faire baisser sa garde au client.

— Je sais ce dont j'ai besoin, dit Pete d'un ton pressant, presque menaçant. J'ai besoin d'une femme.

Le pendule se remit à osciller, à osciller.

Pete hocha vigoureusement la tête pour souligner sa déclaration.

— Une fille bien. Pure et douce. Sincère. — Il regarda Darby droit dans les yeux. — Comme ta femme.

Darby entendit un étrange petit bruit. C'était son propre rire qui filtrait de ses lèvres, et il avait un goût de sel.

Il se dit que Lanson était vraiment champion. Ce salopard aurait dû aller à Hollywood se faire décerner un oscar.

— Si j'avais une femme comme Vivian, dit Pete, je ne courrais pas la nuit.

De nouveau, il rit. Les mots qu'il prononça n'étaient qu'une mince couche de vernis par-dessus le poison contenu dans son rire.

— Tu me fais la morale ?

Pete haussa les épaules.

— Oh, et puis zut ! Ce ne sont pas mes oignons.

— Dis-moi ce que tu penses. Je voudrais vraiment le savoir.

— Vraiment ? Dans ce cas... — Le ton était aimable, amical. — Je pense que tu es un foutu imbécile. — Il tendit le bras vers le fond du magasin, vers la forme oblongue d'une cabine téléphonique. — Entre là-dedans, pour l'amour de Dieu, et appelle-la. Dis-lui que tu rentres immédiatement.

— Je ne peux pas, dit Darby en riant. J'ai un rendez-vous.

— Important ?

— Plus important que de rentrer.

De nouveau, ce fut le silence, le lent va-et-vient du pendule ; Pete avait le regard perdu au-delà de la tête de Darby, au-delà de la vitrine, comme s'il essayait de trouver une réponse dehors.

Darby songea que la réponse était ici même, dans la poche gauche de son pardessus.

Pris d'une soudaine intuition, il demanda :

— Où es-tu installé, Pete ? En ville ?

Pete continua de contempler la vitrine. Il répondit d'un ton vague :

— J'habite au-dessus.

Son intuition était donc correcte. Voilà qui simplifiait les choses. A présent, pensa-t-il, manœuvrons progressivement, avec délicatesse, et voyons si je peux l'amener à me proposer de monter.

Le visage de Darby arbora une moue incrédule.

— Ne me dis pas que tu habites ce quartier !

Pete eut une moue d'un autre genre.

— Pourquoi pas ?

— L'environnement...

— Minable, c'est ça ? — Pete grimaça un sourire. — Ne t'en fais pas. Quand tu auras vu mon appartement, tu oublieras le quartier. Montons, je vais te montrer quelque chose.

Ils se dirigèrent vers la porte du fond. Mais brusquement, Pete s'arrêta et leva les yeux vers la pendule murale. Elle indiquait onze heures trois. Il fit demi-tour et alla verrouiller la porte du magasin. Puis il appuya sur un bouton qui éteignit toutes les lumières, sauf la lueur verte du néon, dans la devanture. Après quoi, il revint se poster derrière Darby.

Darby sourit intérieurement. Très bien, Pete, se dit-il. Reste derrière moi. Pour pouvoir surveiller chacun de mes gestes. Mais vois-tu, je ne suis pas pressé. J'attendrai. Tu finiras bien par commettre une erreur.

Ils atteignirent la porte du fond, et Pete resta derrière lui. Il l'ouvrit, révélant un petit entrepôt et une fenêtre qui donnait sur une ruelle. Tout en obliquant vers l'escalier, sur la droite, Darby songea que la ruelle serait bien commode.

L'escalier n'allait pas plus haut que le premier étage. Autre fait utile à garder en mémoire : Pete Lanson était le seul locataire de la maison.

L'appartement de Pete valait vraiment le coup d'œil. Les pièces étaient spacieuses, les meubles luisants et coûteux. Pete expliqua qu'il payait une jeune fille vingt dollars par semaine pour faire le ménage.

Ils entrèrent dans la chambre à coucher, une pièce au plafond haut et aux murs vert foncé, avec un tapis vert foncé et un immense tableau rectangulaire, une peinture à l'huile représentant des femmes se baignant dans une rivière.

Il regardait le tableau.

Pete se tenait derrière lui.

— Il me plaît, dit Darby. Je le trouve superbe.

— Il m'a coûté une fortune.

— Regarde ce que l'artiste a peint ici.

Il montra du doigt un bouquet d'arbres de l'autre côté de la rivière.

— Où ? demanda Pete.

— Là.

Il bougea son doigt pour empêcher Pete de voir précisément ce qu'il indiquait.

Pete demeura derrière lui.

— Je ne vois rien de particulier. Qu'est-ce que c'est ?

— Une girafe.

— Une quoi ?

— Une girafe, répéta-t-il. Tu vois le long cou ? Juste ici, derrière les arbres.

Pete s'avança devant lui, s'approcha du tableau, le nez presque contre la toile, cherchant la girafe qui n'existait pas.

— Regarde bien, dit Darby. Tu la verras.

Pete dit en riant qu'il ne voyait rien et qu'il avait peut-être besoin de lunettes. Ou alors, que Darby en avait besoin. Cela devint un petit jeu de cache-girafe et Pete poursuivit son examen attentif du tableau.

Darby se tenait juste derrière Pete. Il dirigea ses doigts vers la poche gauche de son raglan. Ses doigts se glissèrent dedans, et tâtèrent la gaine en cuir du couteau de chasse.

Pete disait quelque chose mais il n'entendit pas sa voix. Il entendit à la place une voix du passé, une voix qui remontait à bien longtemps...

Une voix qui disait : « Non, non, arrête ! »

C'était la voix de sa sœur Marjorie. Elle venait vers lui en courant dans l'herbe verte de Fairmount Park ; et lui, un garçon de douze ans, tenait une pierre à la main et visait soigneusement, avec haine, l'autre garçon, qui battait lentement en retraite dans le clair de lune.

— Non ! cria Marjorie. Je t'en prie, arrête !

— Pousse-toi, dit-il à Marjorie. Je vais lui fracasser le crâne. Je vais le tuer.

Marjorie, les bras grands ouverts, se dressait sur sa ligne d'attaque.

— Alvin, implora-t-elle, lâche cette pierre. Qu'est-ce qui te prend, tu es fou ?

— J'vais le tuer, voilà ce que j'vais faire !

Et il tenta de viser au-delà de Marjorie, les lèvres tremblantes, ses yeux agrandis fixés sur l'autre garçon, ce garçon tellement plus grand et plus âgé que lui, assez vieux pour fumer des cigarettes, pour conduire une voiture et pour emmener des filles se promener à Fairmount Park.

Marjorie changea de ton. Elle ordonna sévèrement :

— Maintenant, jeune homme, ça suffit. Sois raisonnable !

Elle s'approcha et fit mine de lui prendre la pierre. Il recula. De vives douleurs lui transperçaient la poitrine. Il cligna les paupières avec force pour ne pas pleurer.

— Pourquoi tu es toujours collée avec lui ? — Il tenta d'avaler la boule qui lui obstruait la gorge. — J'ai vu ce qu'il faisait. Juste là, dans les buissons...

— Alvin...

— Et toi, tu n'essayais pas même de l'empêcher. — Sa voix était brûlante de jalousie et son immense détresse, sa déception, lui coupaient les jambes. — Je t'ai vue, hoqueta-t-il. Je t'ai vue l'embrasser.

D'une voix redevenue douce, elle dit :

— Mais Alvin, il n'y a rien de mal à l'embrasser. C'est mon petit ami.

— Non ! — Il aurait voulu hurler ce non, mais ce ne fut qu'un sanglot. — C'est pas vrai, c'est pas vrai, ce n'est pas ton petit ami. C'est moi, ton petit ami.

— Mais toi, c'est différent. Tu es mon frère.

Il oublia alors la pierre qu'il avait à la main, et sa cible qui battait en retraite au milieu des arbres, et ses yeux accusateurs qui poignardaient Marjorie.

— Tu m'as dit que j'étais ton petit ami. Tu l'as dit un jour dans la cuisine. Tu as dit que j'étais ton meilleur petit ami.

Marjorie s'approcha de lui, comme si elle flottait. Dans le clair de lune, son visage rayonnait doucement. Un feu étrange s'alluma soudain dans ses yeux vert pâle.

— Et c'est vrai, dit-elle. — Puis, comme s'il n'était pas là un instant, comme si elle était toute seule : — Oh ! non. C'est seulement mon petit frère. Il n'a que douze ans.

Mais elle semblait incapable de se faire à cette idée. Elle s'approcha encore de lui, et encore.

— Serre-moi, dit-elle. Prends-moi dans tes bras.

Il tendit les bras. Des éclairs verts jaillirent des yeux de Marjorie, pénétrèrent dans les siens. Voilà qu'ils marchaient ensemble dans l'herbe verte et se dirigeaient vers les buissons. Et le ciel était comme un plafond noir qui s'abaissait lentement pour rendre la lune plus proche, l'herbe printanière devenait un oreiller qui lui caressait la joue et le parfum des violettes les environnait. Partout. Il entendit les gémissements, les soupirs et les bruits qu'ils faisaient en s'embrassant et en s'étreignant dans les buissons, et puis il n'y eut plus de bruit du tout pendant un moment ; mais, soudain, il y eut un cri étouffé et il entendit Marjorie haleter :

— Non, non, non !

Elle poussa de nouveau un cri, plus fort, et il se demanda ce qu'il avait fait...

Il sentait le couteau de chasse dans sa main. Juste devant ses yeux, le cardigan formait une cible idéale. Mais il n'arrivait pas à remuer le bras et il disait à Marjorie de s'en aller.

Et il entendit Marjorie qui disait : « Non ! »

Il dit à Marjorie de ne pas s'en mêler, que ça ne la regardait pas.

Et elle dit : « Tu te trompes, ça me regarde. Attends que je t'explique, je t'en prie, laisse-moi t'expliquer. »

Il écarta brutalement Marjorie. Et son bras se trouva alors libéré. Son bras bougea. Il se trouva entraîné vers l'avant, vers le bas, puis dans une salle obscure où il regarda fixement ce qui gisait sur le plancher.

Il se précipita hors de la chambre, dévala l'escalier

et ouvrit la porte donnant sur la ruelle. Dans la ruelle, la neige avait durci et ressemblait à du verre avec du lait dessous. Il s'élança dans la ruelle, glissa et tomba.

A cet instant, il entendit une voix qui était bien réelle. La voix de Pete Lanson. Pete criait :

— Al, qu'est-ce qui te prend ? Reviens !

De l'autre côté du ruban laiteux de la ruelle, il vit Pete qui venait vers lui.

Il se releva et courut.

— Al, reviens ! Hé, bon sang...

Il courait aussi vite qu'il pouvait, et la voix de Pete s'estompait derrière lui. Tout s'estompait.

Sauf ce contact bien réel entre ses doigts, dans la poche gauche de son raglan. Il en sortit le couteau de chasse, toujours dans sa gaine, où il était resté depuis le début. Il le regarda, lui sourit et le lança par-dessus son épaule. Il l'entendit heurter la neige avec un bruit étouffé.

Puis il cessa de courir et se mit à avancer d'un pas traînant.

Il se retrouva dans Eighth Street et se joignit au traînant cortège dcs hommes au regard vide qui n'avaient nulle part où aller.

CHAPITRE XIII

La lumière bleutée d'une vitrine éclairait l'homme de couleur qui, debout sur le trottoir, regardait à l'intérieur en frissonnant. L'homme de couleur approchait de la quarantaine et il avait entre les dents une pipe en calebasse non allumée. Grand, très mince, il portait une vieille casquette à oreillettes en poil de chameau et un tartan à vives rayures vertes, noires et jaunes, qui lui arrivait au genou. Son pantalon de velours, vert olive, était rentré dans le haut de ses brodequins.

Darby se demanda ce que l'homme regardait. Il s'approcha du magasin et vit qu'il s'agissait d'une blanchisserie chinoise. A l'intérieur, devant les presses à chemises, des Chinoises et des filles de couleur travaillaient avec une rapidité frénétique, sans se soucier de la limitation de vitesse en vigueur dans Eighth Street. Deux Chinois, manifestement les propriétaires de l'établissement, se promenaient de long en large devant les presses à chemises, les mains derrière le dos.

— Toute la nuit... dit l'homme de couleur.

Darby regarda la pipe en calebasse.

— Pourquoi ne la fumez-vous pas ?

— J'ai pas de tabac.

— Achetez-en.

Soudain, ce fut très important pour Darby que l'homme de couleur fumât la pipe en calebasse. Ce fut plus important que tout le reste.

L'homme de couleur acquiesça en silence. Il retira de sa bouche la pipe à gros fourneau et la contempla avec regret.

— J'ai pas un sou.

— Je vais vous en chercher, dit Darby.

Il remonta vivement la rue et entra dans une boutique, où il acheta un paquet de tabac pour la pipe. Puis il revint le donner à l'homme.

L'homme de couleur bourra sa pipe et l'alluma d'une main experte. Une épaisse fumée bleue filtra de ses lèvres et se mêla à la lumière bleutée qui se déversait par la vitrine de la blanchisserie.

— Regardez-les, dit l'homme de couleur. — Il fixait des yeux trois Chinoises menues dont les bras, tels des lames flexibles, s'escrimaient sur les chemises. — Regardez-les faire.

Darby observa les mouvements fébriles, les chemises que l'on sortait d'un panier pour les placer sous les presses, les presses qui s'abattaient, et les chemises impeccablement pliées qui allaient s'ajouter à la pile déjà formée.

Il estima qu'il devait y avoir plusieurs milliers de chemises sur les vastes tables.

— Elles font du bon travail, dit-il.

— Vous le savez, vous aussi ?

— Les chemises se salissent, dit-il comme s'il venait juste de découvrir ce fait. Les hommes aiment porter des chemises propres.

— Exact, l'ami. Tout à fait exact.

— Laver les chemises. Repasser les chemises. Gagner de l'argent.

— Parlez, l'ami. Continuez à parler comme ça.

— Travailler toute la nuit. En restant à l'intérieur. A l'abri du froid.

— Et puis rentrer à la maison, dit l'homme de couleur.

Darby hocha la tête.

— A la maison. Complètement à bout. Regarder le lit en éprouvant une sensation agréable. S'endormir.

— Non, pas encore, dit l'homme de couleur. Parlez-moi de cette sensation agréable.

— Il fait chaud dans la chambre. Le radiateur fait du bruit. *Zing-zing,* à cause de la vapeur. Dehors, c'est le vent, la neige. Il fait froid dehors. Mais ici, dans la chambre, il fait bon et chaud. Tout est éteint. Le mari...

— A moi, l'interrompit l'homme de couleur. — Son regard, à travers la vitrine, caressait doucement le bras duveteux d'une petite à la peau brune qui marquait les chemises. — Le mari est couché dans le noir. Eh bien ! ma fille, allume la lampe. La petite lampe qui a une ampoule orange. Toi, Woodrow. Hé ! Woodrow, réveille-toi. Assieds-toi dans ton lit. Regarde-la. Elle est là. De retour à la maison, son travail terminé. Pour toi. Dans la pièce voisine, les gosses. Cinq, six, sept gosses. Penses-y. Les tiens et les siens. Woodrow et Clotile.

— C'est Woodrow, votre nom ?

L'homme de couleur acquiesça.

— Moi, c'est Alvin.

— Salut, Alvin. — De l'index, il indiqua la fille à la peau brune qui marquait les chemises. — Voilà Clotile. On s'est brouillés il y a un an. Je vais vous raconter comment. Je compose de la musique, voyez-vous. Pas du jazz ; de la vraie musique. Celle qui vient du cœur, vous savez ? Mais elle, Clotile, elle n'apprécie pas ça. « Allez, mon vieux », qu'elle dit, « va te trouver du boulot ». Elle dit : « J'en ai assez de travailler toute la nuit à la blanchisserie chinoise pendant que tu passes tes journées à la maison à gribouiller des chansons que tu n'arrives pas à vendre. » Et moi, je me dis : Elle a raison. Et ça me rend honteux. Alors, je vais me chercher un job. Sur les docks. Équipe de nuit. Je rentre à la maison, une nuit, et je la trouve au lit avec un autre.

Darby regarda Clotile poser des chemises sur du papier d'emballage et replier le papier par-dessus les chemises. A un moment, elle s'interrompit dans sa tâche pour porter le bras à son front d'un geste las. Puis elle se pencha en avant pour jeter un coup d'œil sur la montre d'une autre fille. Avec un profond soupir, elle se remit au travail.

— Elle et lui, tous les deux au lit, poursuivait Woodrow. Alors moi, je reste là tranquillement, vous voyez ? Et lui, vous savez ce qu'il fait ? Il s'assied et il prend ça de haut. C'est pas la première fois qu'il vient ; maintenant, il se considère chez lui. Il dit qu'un des deux doit s'en aller et que ça sera pas lui. Moi, très calme, je dis : Bonne nuit, tout, et je m'en vais. Façon de parler. En fait, je vais à la cuisine. Chercher un pic à glace. Je reviens, et je tape sur l'homme. Ouaïlle ! qu'il crie. Et puis il sort — par la fenêtre. Je dis à Clotile : « Dis à ce type de revenir demain soir », et elle dit : « Tu es sérieux ? » Et je lui réponds : « Ma fille, tu sais bien que oui. » Je mets tous mes vêtements dans un sac. Je dis : « Adieu, Clotile. » Et je décampe.

— Et vous n'êtes jamais revenu ?

— Jamais, dit Woodrow. Mais il y a des nuits où il fait bien froid, comme cette nuit. Pas moyen d'arriver à se réchauffer. Alors je viens ici et je reste là à regarder par la vitrine. A regarder Clotile. Et vous savez quoi ? Ça me réchauffe. C'est Clotile, là-bas, c'est ma femme.

— Pourquoi ne retournez-vous pas avec elle ?

— Avec elle ? Avec cette bonne à rien de traînée ?

— Venez, dit Darby. Allons-nous en.

Woodrow ôta de sa bouche la pipe en calebasse.

— Où ?

— N'importe où.

Le regard de Woodrow était hésitant.

— Vous dites que vous vous appelez Alvin, mais je ne sais pas qui vous êtes. Vous avez l'air honnête, mais je ne sais pas.

Woodrow fit un pas en arrière.

— Non, dit Darby. Ne partez pas. Je vous en prie, ne me laissez pas.

C'était la timide supplication d'un enfant effrayé à l'idée de rester seul dans les bois. Perplexe, Woodrow considéra les pavés et dit tout haut, se parlant à lui-même :

— Qu'est-ce qu'il cherche ? — Puis il leva la tête pour scruter les yeux de Darby. — Si vous êtes une de ces tantouzes, je ne vous intéresse pas. — Il secoua la tête avec énergie. — Mais vous en êtes pas. Je sais que vous en êtes pas.

Darby fixa un point au-delà du tartan à rayures vertes, jaunes et noires.

— Ne me laissez pas.

Woodrow s'approcha pour examiner les yeux de plus près.

— Vous êtes bourré, déclara-t-il solennellement. Vous êtes parti. Et pas à cause du whisky.

Un vague sourire, un clignement d'yeux :

— Parti où ça ?

— Dans les nuages. — Il continua d'examiner les

yeux, comme s'il relevait un compteur. — A des milliers de kilomètres en l'air. Mais ça suffit pas, hein, Alvin ? Vous voulez aller plus haut. Tout là-haut, plus loin que la lune.

Ça avait l'air d'un voyage agréable ; Darby acquiesça.

— Sur un nouveau genre de fusée, dit Woodrow. Qui monte lentement. En cercles lents, moelleux, nonchalants. Qui monte.

— Une fusée ?

Woodrow retira de sa bouche la pipe en calebasse et la tint dans sa main avec tendresse, comme si c'était la tige d'une fleur.

— Il y a toujours de la place pour un passager supplémentaire.

Côte à côte, ils descendirent Eighth Street.

Le lieu où se rassemblaient les poivrots et les drogués était une sorte d'O.N.U. des bas quartiers. On y trouvait des Chinois et des Africains, des Suédois, des Péruviens et des Écossais, des Français et des Australiens. Ils revenaient toujours dans cette pièce faiblement éclairée, qui avait pour tout mobilier les bouteilles éparses sur le plancher, les boîtes de tabac à priser et les petites boîtes en papier contenant, en condensé, les ruades d'un millier de mules.

Apportez votre propre marchandise. Ou alors, apportez de l'argent pour acheter un peu de la mienne. Si vous me souriez comme il faut, vous l'aurez pour rien.

Vous voulez du muscat ? Il y en a. Vous voulez des amphétamines, de la coco ? Vous voulez du vin bon marché, de la vraie piquette ? Il y a de tout ici, dans le Hall de la Joie. Presque tout ce que vous pouvez souhaiter, sauf la marchandise plus coûteuse, qu'on aimerait bien avoir mais qu'on ne peut pas se permettre.

Nous avons des pichets de cette bière qui devient davantage que de la bière quand on y ajoute la cendre de deux cigarettes. Et du tabac à priser ; là, nous avons une bonne petite recette : nous le mélangeons avec des cachets d'aspirine, et on verse par-dessus n'importe quelle sorte de boisson au cola ; au total, vous obtenez cette sensation que l'on a sur les montagnes russes, juste avant que le chariot plonge dans la descente. Mais tant que vous êtes dans cette pièce, vous ne faites pas la descente. Ici, c'est un endroit où vous prenez l'élan pour grimper la côte suivante, plus haut encore, pour prendre un nouvel élan. Pour monter toujours plus haut.

Avec les petits comprimés bleus et brillants — de la caféine. Avec les poudres grises et les poudres blanches que vous reniflez les yeux mi-clos. Avec les sacs en papier que vous vous mettez sur la tête afin de ne rien perdre de la fumée des cigarettes de marijuana ; ensuite, vous soulevez lentement le sac et vous voyez la lune violette, si proche que vous pouvez la toucher.

Mais ne la touchez pas. Vous vous brûleriez les doigts. Car c'est la flamme de la grande bougie posée sur la cheminée. D'autres bougies, plus petites, sont posées sur le plancher et sur les appuis des fenêtres. Vous comprenez, il n'y a pas l'électricité ici. Ni l'eau courante. Les autorités ont condamné cet immeuble il y a longtemps, et ils projettent toujours de le démolir. Pourtant, il est encore debout. Un jour, ils se décideront à envoyer les bulldozers. Mais ce ne sera pas très grave. Les poivrots et les drogués arrivent toujours à se trouver un refuge.

Mais tant qu'ils ont celui-là, ils viennent s'installer dans la grande pièce du premier étage, dont les fenêtres sont condamnées par des planches pour que les flics en patrouille ne remarquent pas la lumière des bougies. Non qu'ils redoutent la police : ils se sont fait ramasser tant de fois que c'est devenu une sorte de routine. Seulement, une descente de police cause une interruption, de l'agacement. Quand vous êtes là-haut, au pays des nuages, vous ne voulez pas être dérangé.

Il se tenait sur le seuil, avec Woodrow, et il voyait les visages à la lueur des bougies. Ces hommes appartenaient à beaucoup de races différentes, mais ils semblaient tous de la même couleur, d'un jaune gris-violet contre la masse incolore des murs lépreux. Certains étaient debouts, immobiles, sans rien sur quoi s'appuyer ; d'autres étaient adossés aux murs. Certains étaient assis sur le rebord des fenêtres, ou par terre, et d'autres étaient allongés sur le plancher. D'autres encore donnaient l'impression de n'être ni par terre ni ailleurs mais de flotter simplement dans la lueur enfumée.

Le bruit de la pièce était une mosaïque de voix : celle d'un homme qui parlait tout seul, celle d'un autre homme qui parlait au monde entier, celles d'un petit groupe d'ivrognes qui chantaient un calypso, celle d'une femme de couleur qui disait à un Portugais qu'elle avait soixante-dix-huit ans, alors que le Portugais s'entêtait à affirmer qu'elle n'en avait pas plus de quarante. Et à l'autre bout de la pièce, tout seul dans un coin, un gars des collines du Tennessee fredonnait une chanson à une jeune fille qui était enterrée là-bas, au pays.

Une grosse Italienne s'approcha de Woodrow et de Darby. Elle était toute petite et sa chair flasque ballottait dans tous les sens, comme si ses vêtements étaient remplis de gélatine. Elle se mouvait cependant avec une indéniable énergie et elle s'adressa à Woodrow avec l'autorité d'une surveillante compétente :

— Qui c'est que tu amènes ?

— Ce monsieur est un ami à moi, lui dit Woodrow.

Il fit les présentations. La femme s'appelait Anna.

Elle toisa Darby du haut en bas et se forma une opinion rapide :

— Un bourgeois.

Quelques visages s'avancèrent pour jeter un coup d'œil sur le nouveau venu. Ils s'approchèrent tout près et ne bougèrent plus, comme pour dire à Darby qu'ils n'étaient pas encore prêts à l'accepter parmi eux.

Anna mit les poings sur les hanches, tourna à demi la tête et regarda Darby du coin de l'œil.

— Vous avez de l'argent ?

Il porta la main à sa poche intérieure. Tous les visages se tendirent. Woodrow le retint par le poignet avant que ses doigts n'aient touché le portefeuille.

— Ce n'est pas nécessaire, lui dit Woodrow. Ne montrez jamais les finances. Nous avons des voleurs dans cette assemblée.

— Et ça t'inquiète ? demanda Anna à Woodrow.

— Pas quand je suis le banquier, répliqua Woodrow avec affabilité.

Et il fit signe à Darby de lui donner son portefeuille. Darby le lui tendit et quelqu'un laissa échapper un rire aigre :

— L'argent est au coffre.

— Il le récupérera, dit Woodrow d'un ton égal, le regard braqué sur le visage de l'homme qui avait ri.

Le visage était de la couleur du cuir. L'homme était un Haïtien, grand et bâti en force. Il ne riait plus.

— Qui tu regardes comme ça ? dit-il à Woodrow.

— Toi, répondit Woodrow en glissant le portefeuille dans la poche de son tartan.

— Rends-le, ordonna le Haïtien.

— Pour que tu puisses le faucher ?

Anna s'interposa entre le Haïtien et Woodrow. Le Haïtien prit Anna sous les aisselles et tenta de l'écarter, mais il s'aperçut qu'elle était trop lourde.

Sur ce, quelqu'un cria à tout le monde de faire gaffe. Le Haïtien avait maintenant un couteau à cran d'arrêt à la main. Il pressa le bouton et la lame, longue d'une quinzaine de centimètres, jaillit du manche en nacre.

Au même instant, Woodrow s'empara d'une bouteille de whisky à moitié pleine. La tenant par le goulot, il la fit tournoyer lentement au-dessus de sa tête.

De l'autre bout de la pièce surgit alors en courant une fille toute menue, à la peau noire, qui projeta ses quarante kilos contre le dos du Haïtien et lui décocha un coup de poing qui l'atteignit juste sous l'oreille. Alors qu'il se retournait, elle le frappa de nouveau, l'atteignant dans l'œil. Puis elle le boxa une troisième fois, lui entaillant la lèvre.

— Irma ! cria le Haïtien. Irma, qu'est-ce que tu m'fais ?

La fille lui envoya un coup de pied dans le tibia.

— Qu'est-ce que je t'avais dit, Henry ? — Elle lui décocha un nouveau coup de pied. — Qu'est ce que je t'avais dit, si j'te voyais sortir ce couteau ?

Elle voulut lui saisir les cheveux mais manqua sa prise ; alors, se servant de nouveau de son poing, elle le frappa violemment sur le front.

— Arrête, Irma, pleurnicha le Haïtien.

Il avait lâché le couteau et s'aplatissait contre le mur, les bras levés pour se protéger le visage.

— Baisse tes mains, Henry, ordonna la fille.

Elle recula pour viser soigneusement le Haïtien avec son pied. Elle l'atteignit juste sous le genou. Il laissa échapper un gémissement.

— Assez, suggéra Anna.

Irma haletait.

— Assez ? A cause de ce couteau, il est déjà allé en taule trois fois. Il faut que je lui apprenne, Anna. Je suis sa femme. Si je ne lui apprends pas, qui le fera ?

Elle écrasa son poing sur l'œil qu'elle avait déjà frappé.

Henry s'assit sur le plancher. Irma resta là à le regarder. Au bout de quelques instants, elle s'assit à côté de lui et essuya avec le bord de sa manche son visage ensanglanté. Quelqu'un lui tendit le couteau à manche de nacre ; elle le prit et le lança de toutes ses forces à travers la pièce, en criant à la cantonade :

— Celui qui le ramasse peut le garder.

Henry murmura quelque chose et Irma déboucha une bouteille de vin de pissenlit. Elle lui mit le goulot entre les lèvres, comme si elle donnait le biberon à un bébé, en souriant d'un air vague à la pensée que c'était son homme.

Peu à peu les bruits de la pièce s'apaisèrent, les visages se détendirent et les regards se concentrèrent uniquement sur les bouteilles, sur les poudres, sur les pilules et sur les joints. Woodrow demanda à Darby ce qu'il voulait boire ; Darby répondit que ça lui était égal, qu'il n'était pas buveur et que n'importe quoi ferait l'affaire. Woodrow acheta à Anna une bouteille de muscat.

Darby but un peu de muscat et dit qu'il n'aimait pas ça. C'était trop doux. Woodrow lui demanda ce qu'il voulait d'autre et il répondit qu'il n'en savait rien.

Ils étaient assis par terre, avec pour voisins immédiats le Portugais et la femme de couleur qui avait affirmé avoir soixante-dix-huit ans. Le Portugais persistait à dire qu'il savait quel âge elle avait et se déclarait prêt à parier tout ce qu'il possédait qu'elle n'avait pas dépassé les quarante ans.

La femme de couleur ne prit pas cela comme un compliment. Elle dit au Portugais qu'il ferait mieux d'aller se faire soigner les yeux. Elle marmonna cette réplique d'un air absent, tout occupée à retirer le couvercle d'une boîte de tabac à priser.

Elle tint la boîte au-dessus d'un bol en porcelaine et la secoua pour verser un peu de poudre dans le bol, en dosant la quantité avec soin. D'un geste solennel, le Portugais lui tendit une petite boîte en métal ; elle l'ouvrit et en sortit plusieurs pilules blanches qu'elle laissa tomber dans le bol, une par une.

Intéressé, Darby s'approcha, le menton levé d'un air interrogateur.

La femme ouvrit la paume de sa main pour montrer les pilules blanches.

— C'est de l'aspirine, dit-elle à Darby. Nous la mélangeons à la poudre.

— Et ensuite, dit le Portugais, nous mettons un peu de ceci.

Et il montra à Darby la grosse bouteille de soda parfumé au cola.

— Ça a bon goût ? demanda Darby.

Le Portugais indiqua sa bouche.

— Pas là-dedans. — Puis il indiqua sa tête. — Mais là-dedans, délicieux.

La femme versait du cola dans le bol. Ceci fait, elle prit une cuiller et remua le mélange de poudre, d'aspirine et de cola. Darby se pencha pour regarder dans le bol et il vit le liquide mousseux, couleur cacao, qui tournoyait lentement et semblait lui sourire. Lui faire signe.

Le Portugais se mit péniblement debout et s'éloigna. Il revint au bout de quelques instants, les doigts passés dans les anses de trois tasses en métal. Il donna une tasse à la femme, une à Darby, et garda la dernière pour lui.

D'un geste rapide, exercé, la femme plongea sa tasse dans le bol et la ressortit exactement à moitié pleine. Le Portugais fit de même.

— A vous, dit la femme à Darby.

Il tenait la tasse d'une main ferme. Il l'immergea dans le bol, lentement, avec une sorte de grâce cérémonieuse, comme s'il était pleinement conscient de la dignité inhérente à cette initiation. Il leva sa tasse à moitié remplie et la tint ainsi en l'air, attendant poliment que les membres plus âgés aient bu leur première gorgée.

Ils abaissèrent leurs tasses et lui adressèrent un signe de tête.

— Juste un peu, dit la femme. Un petit peu à chaque fois.

Il goûta la mixture. Le parfait mélange avait ôté à la poudre, à l'aspirine et au cola leurs saveurs respectives, pour donner au total un goût étrange, impossible à définir. Il but plusieurs gorgées du liquide, puis encore plusieurs, et, quelques minutes plus tard, il commença à entendre la mélodie liquide d'un instrument à cordes d'invention toute récente.

On replongea les tasses dans le bol.

Le plancher devint de plus en plus doux, puis imperceptible au toucher, comme un mœlleux coussin formé de myriades et de myriades de pétales de fleurs.

Et les murs s'élevèrent en glissant, et le plafond s'éleva. Tout s'élevait.

En douceur. Tout naturellement. On dépassait le toit en flottant dans les airs.

Et ça montait, encore et toujours, en décrivant de lents cercles paresseux. C'était une sensation très agréable, une merveilleuse façon de voyager. Plus confortable, plus sûre que n'importe quelle autre.

Il se trouvait dans un spacieux véhicule qui ne pouvait pas caler ni tomber en panne, et où il y avait toujours de la place pour un passager supplémentaire.

L'extraordinaire fusée ignorait les secousses, les défaillances, et elle ne faisait aucun bruit — à part l'exquise mélodie et l'agréable bourdonnement qui provenait du cercle des visages, à la lueur des bougies. Elle tourna lentement, mélangeant le plafond et le plancher ; mélangeant les quatre murs, qui n'en firent plus qu'un seul ; mélangeant les visages, qui peu à peu se fondirent, si bien qu'il n'en resta plus que quelques-uns, et enfin plus qu'un seul.

L'adorable visage au doux et tendre sourire.

Le visage de sa sœur Marjorie.

— Mais tu ne peux pas être ici, murmura-t-il. Tu es partie depuis longtemps.

Une main se posa sur son bras. Il se tourna et vit le Portugais. Il entendit l'inévitable question :

— Qui est parti ?

— Marjorie.

— Qui est Marjorie ?

— Ma sœur.

— Jolie ?

— Oui, dit-il. Elle était vraiment très jolie.

La femme de couleur se pencha en avant pour donner une petite chiquenaude sur le menton du Portugais.

— Tu n'arrêtes pas de faire ça, dit-elle. Il ne faut pas.

— Faire quoi ? s'enquit le Portugais.

— S'imaginer des choses, répondit la femme. La mère d'un homme, la sœur d'un homme... C'est pas bien.

Le Portugais haussa les épaules.

— Je ne fais qu'y penser.

— C'est pas bien, même d'y penser. — La femme se tourna vers Darby. — Ne vous en faites pas. Je ne le permettrai pas. Je ne laisserai aucun homme avoir des mauvaises pensées sur votre sœur.

— Je la vois, dit Darby. Elle est ici. Je la vois.

La femme hocha la têe.

— Je le sais bien. Vous la regardez droit dans les yeux.

— Pourquoi ? — Il adressa la question au ciel. — Pourquoi faut-il toujours que je voie Marjorie ?

La femme noua les bras autour de ses genoux et regarda d'un air vague ses doigts croisés.

— Elle est plus âgée que vous ?

— De trois ans.

La femme réfléchit un moment. Puis, très lentement, elle rejeta la tête en arrière, complètement en arrière, comme si elle essayait de voir le plancher derrière elle.

— Dites-moi, l'ami. Vous avez une femme ?

— Non, dit Darby.

— Une maîtresse ?

— Non.

Le Portugais se trémoussa avec impatience.

— Dites-moi, monsieur. Parlez-moi encore de Margie.

— Écoute voir, toi. — La femme de couleur fit saillir sa lèvre inférieure. — Tu sais ce que je t'ai dit.

Le Portugais ignora la femme de couleur. Il se rapprocha de Darby.

— Dites-moi comment elle est. J'aime savoir comment elles sont. Margie est-elle grande ?

— Non, dit Darby. De taille moyenne.

— Parfait, déclara le Portugais. Je ne les aime pas grandes. Mais dites-moi... — Ses yeux brillaient de curiosité... — ... elle est grosse ?

— Non. Très mince.

La femme de couleur agita un doigt désapprobateur :

— C'est pas bien, marmonna-t-elle. Non, c'est pas bien.

Mais le Portugais avait le sentiment d'avoir parcouru la moitié du chemin, et il ne serait pas satisfait avant d'être arrivé au but. Il appuya la paume de sa main contre l'épaule de Darby.

— Et les yeux... Quelle couleur, les yeux ?

— Verts.

— Comme l'herbe ?

— Non, dit Darby. Vert pâle.

— Oh ! haleta le Portugais. Ça me plaît. Ça me plaît beaucoup. — Il battit des mains, en silence. — Maintenant, les cheveux. Quelle couleur, les cheveux ?

Darby s'appuya sur les coudes. Il entendait distinctement la voix du Portugais qui voulait connaître la couleur des cheveux de Marjorie. Il se demanda pourquoi il était incapable de répondre.

Il vit le Portugais et la femme de couleur échanger un regard, puis se tourner vers lui. Il ne comprenait pas pourquoi ils plissaient le front, comme s'ils se trouvaient devant une énigme insoluble.

Il vit le Portugais s'avancer de nouveau, et il sentit une main lui secouer l'épaule tandis que le Portugais insistait pour connaître la couleur des cheveux de Margie.

— Je ne m'en souviens pas, dit Darby. — Mais, brusquement, il se souvint. Il vit Marjorie devant un miroir, avec un peigne et une brosse. Et il murmura :
— Brun foncé.

Le Portugais continua à plisser le front.

— Vous êtes sûr ?

Il acquiesça. Il vit l'expression du Portugais se détendre et il se demanda pourquoi la femme de couleur continuait à plisser le front. Il eut le sentiment aigu que sa réponse n'était pas satisfaisante pour la femme de couleur. Cette impression pénétra plus avant dans son cerveau, à la manière d'une vrille, de plus en plus profondément, jusqu'au moment où il ressentit réellement la douleur des tissus déchirés par la vrille. Il sentit dégouliner sur son visage une sueur tiède, qui coulait sur ses lèvres avec un goût de sel. Il sentit le tremblement qui le secouait et tenta de le maîtriser, en vain.

A cet instant, alors que Marjorie se regardait en souriant dans le miroir, le peigne et la brosse disparurent et furent remplacés par autre chose. Une bouteille. Une bouteille d'eau oxygénée.

CHAPITRE XIV

Tout était nébuleux. Beaucoup trop nébuleux pour qu'il puisse parler, faire le moindre mouvement ou un quelconque effort. Il dérivait passivement au milieu de l'océan, et pas moyen de lutter contre la marée, alors pourquoi essayer ? Sans rien voir de particulier, ses yeux enregistrèrent le bol de porcelaine et la bouteille vide, le visage de la femme de couleur et les jambes allongées du Portugais. Il enregistra le sourire d'Irma, appuyée contre l'épaule de son Haïtien, et il vit la pipe en calebasse qui pendait de la bouche de Woodrow, lequel donna à Anna un billet de un dollar, en inclinant cérémonieusement le buste, et reçut en échange du muscat et cinquante cents de monnaie. Puis il vit tout cela s'éloigner, sans se rendre compte qu'il se dirigeait vers la porte.

A la porte, Woodrow l'arrêta et lui demanda où il allait. Il dit à Woodrow de le laisser tranquille, qu'il avait envie de partir. En voyant l'expression blessée de Woodrow, il se dit que ce n'était pas là une façon de prendre congé d'un ami. Il dit à Woodrow qu'il s'excusait, qu'il n'avait pas voulu être impoli, qu'il était simplement fatigué.

Woodrow lui rendit son portefeuille. Il en sortit un billet de cinq dollars, mais Woodrow refusa avec indignation. Pas question, déclara Woodrow, assurant que ce serait scandaleux d'accepter le moindre *cent* d'un type qui était à dix mille mètres dans les airs. Il ne comprit pas ce que Woodrow voulait dire par là. Tout ce qu'il savait, c'est que Woodrow aurait besoin d'argent pour s'acheter encore du vin, et il voulait que Woodrow ait du vin pour être heureux. Il insista et déclara qu'il ne partirait pas tant que Woodrow n'aurait pas accepté les cinq dollars.

Alors Woodrow finit par accepter et le guida le long du hall, puis dans l'escalier et jusque sur le trottoir. Là, ils se souhaitèrent bonne nuit et Woodrow rentra dans l'immeuble.

Darby traversa la rue et arriva devant un monticule de neige, lequel s'avéra trop haut pour être escaladé. Il le contourna par la base, cherchant une ouverture par laquelle atteindre le trottoir. Des phares l'éblouirent et un klaxon corna avec frénésie. Il fit un bond de côté et tomba dans la neige tandis que la voiture le dépassait à toute vitesse. Il se demanda s'il devait passer la nuit ici. Peut-être que la voiture suivante ne le raterait pas.

Il regarda sa montre et vit qu'il était deux heures et quart. Il sentit sur son visage la pression glacée de la neige compacte ; il se leva et se remit en marche, en pensant que ce serait peut-être une bonne idée de trouver un endroit où dormir.

Il tourna au coin de la rue, descendit Ninth Street et suivit Vine jusqu'à Eighth Street. Il vit alors l'enseigne accrochée au-dessus de la porte de l'asile de nuit. Elle disait que le tarif était de trente-cinq *cents*. Sans autre commentaire, elle annonçait carrément qu'il fallait débourser les trente-cinq *cents* avant de pouvoir regarder son lit.

Il n'y avait rien d'autre que la porte et l'escalier. Il

gravit les marches et vit, assis à une table, un vieil homme qui lisait un journal grec. Le vieux lui demanda ce qu'il voulait ; il répondit qu'il voulait dormir. Cela suffisait au vieux, qui prit le billet de un dollar que lui tendait Darby et lui rendit la monnaie en lui indiquant du pouce la porte derrière la table.

Darby ouvrit la porte et vit une grande salle, avec des ampoules électriques suspendues au plafond. Toutes les ampoules étaient allumées ; quelques-uns des dormeurs avaient un mouchoir sur la figure pour se protéger les yeux de la lumière crue. Il y avait cinq rangées de lits, huit lits par rangée, et presque tous étaient occupés. La plupart des hommes dormaient ou essayaient de dormir mais quelques-uns, assis au bord de leur lit, contemplaient le plancher. Un groupe silencieux se tenait devant la fenêtre qui donnait sur Eighth Street. A l'autre bout de la salle, un autre groupe jouait au poker.

Les bruits de la pièce étaient essentiellement des bruits de toux. Toutes sortes de toux. La toux du buveur de whisky, sèche et plate. La toux sifflante du fumeur et la toux rauque d'une gorge irritée. La toux tuberculeuse de poumons malades et la toux humide, larmoyante, d'une respiration fichue. De temps à autre, les quintes de toux étaient entrecoupées d'un juron ou d'une proclamation de rancune contre tout et n'importe quoi.

Au plafond, des cafards couraient entre les lattes visibles à travers le plâtre lézardé. Le plancher était recouvert d'une moquette unique en son genre, plus douce que le sable, de trois bons centimètres d'épaisseur : garantie poussière véritable. Le gîte chaud et douillet de mille familles de vermine. Une autre sorte de vermine, préférant le climat d'au-dessus, installait ses pénates dans les matelas.

Les allées séparant les lits étaient très étroites ; il eut du mal à avancer au milieu des bras, des jambes et des têtes qui émergaient dans toutes les positions. Il heurta la jambe d'un homme, lequel lui lança un mot malsonnant. Quelqu'un dit à l'homme de la fermer, sur quoi l'homme invita toute la salle à faire quelque chose de biologiquement impossible.

Vers le centre de la pièce, Darby trouva un lit vide qui semblait moins crasseux que les autres. Il s'assit au bord et retira ses chaussures. Il commença à défaire son raglan mais s'aperçut alors qu'il faisait très froid. Il reboutonna son pardessus et hissa ses jambes sur le lit. Il s'allongea sur le dos, les bras croisés sur la poitrine. La lumière électrique filtrait à travers ses paupières fermées, mais cela lui était égal. Il se sentait vraiment très bien ; qu'il s'endorme et ce serait parfait.

Soudain, une main lui saisit brutalement le pied et lui tordit la cheville. Il ouvrit les yeux et les vit : le géant sino-irlandais, Chango, et le nabot, la fouine, Rook.

Chango lâcha le pied de Darby et arbora son grand sourire humide.

— Tu te rappelles de nous ?

Il hocha la tête. A part cela, il ne fit pas un geste.

— On t'a suivi, dit Chango.

Il ne fut pas irrité. Il n'éprouva aucune inquiétude. Dans un moment d'objectivité parfaitement lucide, il sortit de sa peau, il s'examina et comprit qu'il avait dépassé le stade où quelque chose pouvait encore l'inquiéter. Puis le moment passa et il redevint lui-même, le paisible et charmant compagnon qui suivait tranquillement son petit bonhomme de chemin.

Rook contourna le lit et s'assit de l'autre côté, comme s'il visitait un malade dans un hôpital.

— Comment ça va ?

— Très bien. — Il se mit lentement sur son séant, en souriant d'un air un peu perplexe. — Vous m'avez suivi depuis le début ?

— Pas tout le temps, répondit Rook. On t'a vu entrer dans le magasin. Celui de Lanson. On t'a vu bavarder avec lui. Et puis il a éteint la lumière, et on ne t'a pas vu ressortir. On t'avait donc perdu. Là-dessus, il y a cinq minutes, on t'a vu arriver ici.

Il était très fatigué. Il se prit à souhaiter vaguement qu'ils s'en aillent pour qu'il puisse dormir un peu. Mais, chose curieuse, il n'avait aucune difficulté à rester assis. Il ne savait pas que le bras de Chango lui tenait lieu de dossier.

Il entendit Chango dire : « Tiens, prends ça », et il sentit qu'on lui glissait une cigarette entre les lèvres. Il vit l'allumette enflammée et tira sur la cigarette ; mais il aspira trop de fumée, s'étouffa et toussa.

— Mollo, dit Rook.

Il voulut se rallonger sur le matelas, mais c'était comme s'il était assis sur une chaise. Le dossier de la chaise était en fer et ne céda pas d'un pouce.

Une voix grondante lui parvint :

— Tu connais Lanson ?

Sa tête dodelinait d'un côté et de l'autre. Au prix d'un effort, il parvint à acquiescer.

— T'es un ami de Lanson ?

Il regarda Chango.

— Non, dit-il. Pas un ami. Pas du tout.

— Pourquoi t'es allé là-bas ?

Il porta à son visage ses doigts repliés et se frotta les yeux. Il aurait bien voulu que le lit cesse de bouger. Le lit tanguait comme un canot sur une mer agitée.

— Arrête de le secouer, dit Rook à Chango. Ça ne sert à rien.

— De l'eau froide, marmonna Chango. Je vais chercher de l'eau froide.

— Non, dit Rook. De l'eau froide n'aurait aucun effet. Il est pas bourré. Il a dépassé ce stade. Il est allé se camer quelque part. Ou alors, j'avais raison : il est de ceux qu'ont pas besoin de came.

— Tire-le de là, ordonna Chango.

— Moi ?

— Ouais, toi. — Chango parlait d'un ton impatient. — Occupe-toi de lui. Tire-le de là.

— Pour qui tu me prends ? Un magicien !

Puis ce fut le silence. Il entendit la respiration lourde de Chango et la respiration sifflante de Rook. Il n'entendait pas sa propre respiration, ce qui voulait peut-être dire qu'il ne respirait pas du tout. Il décida de fermer les yeux ; ça ne valait pas le coup de les garder ouverts, puisqu'ils ne fonctionnaient pas normalement. Tout était brouillé du côté des cristallins, comme s'il avait devant les pupilles une feuille de mica rayée.

Il ferma les yeux. Aussitôt, la chaise en fer céda et il retrouva lentement sa position initiale, à plat sur le dos.

Tout près de son oreille, il entendit la voix de Chango, épaisse et douce, apaisante aussi :

— Tu n'as pas répondu à ma question. Pourquoi allais-tu chez Pete Lanson ? Qu'est-ce que tu lui voulais ?

Il entendait parfaitement, et il savait que c'était la voix du colosse moitié chinois, moitié irlandais. Mais à part ça, il n'y comprenait rien. Il jugea donc qu'il était inutile d'essayer de répondre.

Maintenant, une main fouillait les poches de son

raglan, se glissait sous le raglan pour retourner les poches de sa veste et de son pantalon.

— Il y est pas, dit Rook.

La voix de Chango demeura douce et apaisante :

— Dis-moi, mon pote, qu'est-ce que t'as fait du couteau ?

Il se demanda de quoi parlait l'homme. Soudain, il eut une vision fugitive d'un homme courant dans la neige et jetant par-dessus son épaule un couteau de chasse dans une gaine de cuir.

Et il dit :

— Je l'ai jeté dans la rue.

Il entendit un claquement de doigts, puis la voix de Rook :

— Là, tu vois ? Tu piges, maintenant ?

— La ferme, dit Chango à Rook. — Puis, à Darby : — Que s'est-il passé chez Lanson ? Qu'est-ce que t'as fait ?

Il aurait bien voulu que l'homme cesse de poser des questions auxquelles il était impossible de répondre. Quel était cet endroit qu'ils appelaient « Chez Lanson » ? Peut-être qu'ils le faisaient simplement marcher, qu'un tel endroit n'existait pas. Une paire de plaisantins, voilà ce qu'ils étaient. Bah ! Il faut bien que tout le monde vive. Laisse-les donc s'amuser.

Il y eut un autre claquement de doigts.

— Je suis prêt à faire le pari, dit Rook. Il a liquidé Lanson.

— Explique-toi, dit Chango.

— Réfléchis. Rien qu'à partir de ce qu'on a vu de nos yeux. On le voit voler le couteau à la maison de crédit. Il nous donne de l'argent pour s'assurer de notre silence. Ensuite, on le suit chez Lanson. On le voit entrer et parler un moment avec Lanson, et Lanson éteint les lumières. Nous, on est dehors, dans la rue, et on voit une fenêtre s'allumer à l'étage. Au bout de vingt minutes, une demi-heure, ça s'éteint en haut mais on ne voit pas ressortir ce gars-là. Et je vais te dire pourquoi. Parce qu'il est parti par derrière.

Nouveau silence, puis Rook reprit :

— Le magasin n'ouvrira pas demain.

— Dommage, murmura Chango. Le commerce marchait bien.

Rook eut un rire aigu.

— T'as jamais vu sa montre ?

— Quelle montre ?

— Celle de Lanson. Un boîtier en or massif. Et des saphirs. Je sais reconnaître de la belle camelote quand j'en vois. Une fois, je l'ai vu porter une épingle de cravate avec une émeraude grosse comme ça. Je jurerais qu'elle était authentique.

La voix de Chango baissa de plusieurs octaves.

— Est-ce que t'aurais des idées ?

— Je réfléchis, c'est tout. Suis-moi bien. Tout le monde sait que Lanson dépensait sans compter. Il prenait toujours ce qu'il y avait de mieux. La conclusion s'impose : c'est plus intéressant que d'extorquer de l'argent à ce dingue camé. Si Lanson n'a pas chez lui pour au moins cinq mille dollars de marchandise, je veux bien me jeter du pont de Delaware.

— Cinq mille, répéta Chango d'un ton rêveur.

— Strict minimum.

— Qui y a d'autre à l'étage ?

— Juste Lanson. Pas d'autres locataires.

— C'est tentant, dit Chango.

— Une occasion en or, déclara Rook d'un ton décisif.

Chango émit un grognement. Puis il dit :

— Mais comment on fera pour entrer ?

— La même chose que ce gars-là pour sortir. Par la porte de derrière. — Il ajouta : — Aucun problème. La serrure automatique est un jeu d'enfant. Le système d'alarme aussi. J'ai pas perdu la main.

Long silence.

Chango hasarda :

— Lanson n'est peut-être pas mort. — Il attendit la rebuffade ; comme elle ne venait pas, il poursuivit : — Avec un couteau, on n'est jamais sûr de son coup. Le gars est par terre et il bouge pas, mais il respire toujours. Nous, on entre et on commence à se remplir les poches. Et il nous voit.

— Dans ce cas, dit Rook, ça sera plus compliqué.

— Je n'aime pas les complications.

— Bon, dit tranquillement Rook. N'en parlons plus.

Chango eut un geste agacé.

— Ferme-la une minute, que je réfléchisse.

Rook s'exécuta.

Au bout d'un moment, Chango reprit :

— Si Lanson est encore vivant, je l'achève.

Autre long silence.

Puis Rook dit :

— T'es prêt ?

— Me bouscule pas.

— Qu'est-ce qui te tracasse, encore ?

— Lui.

Darby sentit quelque chose s'enfoncer dans ses côtes. Et il entendit le rire aigu de Rook :

— Ce détraqué ?

— Le sous-estime pas, conseilla Chango.

— Tu plaisantes ? C'est le bouc émissaire idéal.

— On doit s'assurer que ce soit lui qui écope. J'ai une idée. Prends-lui son portefeuille, dans sa poche.

D'un geste vif et adroit, Rook subtilisa le portefeuille et le tendit à Chango, qui jeta un bref coup d'œil sur le permis de conduire et sur la carte de sécurité sociale.

— Plus qu'il n'en faut, marmonna-t-il. Les flics trouveront ces papiers sur les lieux. Ils auront réglé l'affaire avant demain soir.

Ce fut le tour de Rook d'hésiter.

— Je n'en suis pas sûr. Quand tu prends un couteau pour suriner un homme, tu n'ouvres pas ton portefeuille pour disperser tes papiers sur place.

— Oh ! mais si, dit Chango. D'après les flics, c'est le genre de blague que tu peux très bien faire. Quand t'es pas dans ton état normal.

Rook laissa échapper son rire aigu. Cette fois, c'était une marque de pure admiration pour la capacité du colosse à monter un coup en évitant les embûches.

— Parfaitement goupillé, Chango. C'est au poil.

— Ouais, murmura Chango. Ça devrait marcher.

Rook se mit à siffler un petit air qui montait et descendait la gamme comme une balançoire.

— Allons-y, dit Chango.

Rook se leva du lit, en continuant à siffler sa petite mélodie sautillante.

Ensuite, dans les oreilles de Darby, il y eut le son de la minuscule flûte qui sautait d'un bout de la balançoire à l'autre. Le son faiblissait, en même temps que le bruit des pas qui s'éloignaient. Puis il entendit une porte s'ouvrir, là-bas. Ou là-haut. Dans la lointaine grisaille.

Il eut un sourire satisfait en entendant la porte se refermer. Maintenant, tout était pour le mieux : les visiteurs étaient partis, il était tout seul et il allait enfin pouvoir dormir.

Peu à peu, à mesure que ses paupières s'alourdissaient, son sourire se mua en grimace.

CHAPITRE XV

Au cœur de la forêt se trouvait un étang limpide, bordé de tournesols. Au-delà, l'herbe n'avait pas du tout la couleur de l'herbe ; elle était vert pâle. Et l'écorce des arbres était orange, comme si quelqu'un était venu jusqu'ici avec un pinceau. Soudain, il y eut un grondement rageur ; l'instant d'après, apparut une meute de chiens sauvages qui montraient les crocs. Mais ils n'étaient pas sur le sol. Ils volaient. C'était impossible, et pourtant ils volaient là-haut, entre les cîmes des arbres ; et ils volaient sans ailes.

Il sursauta et chercha un endroit où se cacher. Il n'y avait aucune cachette ; alors il courut frénétiquement vers l'étang limpide et sauta dedans. Il vit les chiens fondre sur lui pour l'attraper et il plongea, s'efforçant d'atteindre le fond, pensant qu'ils ne pourraient le suivre dans l'eau. C'est alors qu'il entendit les grondements ; et, en tournant la tête, il vit les chiens derrière lui. Il ouvrit la bouche et laissa entrer l'eau, en espérant qu'il se noierait avant que les chiens ne l'attrapent. Ils le cernaient, à présent ; et pourtant, au lieu de guetter l'approche de leurs crocs, il contemplait la couleur de leur fourrure. Elle était blond platine.

Puis l'eau devint noire et les chiens disparurent.

L'obscurité était chaude et l'eau avait un goût salé. Il sentit qu'il remontait lentement à la surface et il garda les yeux étroitement fermés jusqu'au moment où il sentit qu'il émergeait à l'air libre.

La première chose qu'il vit fut l'ampoule nue qui pendait juste au-dessus de son lit.

Puis il entendit des bruits de toux provenant des autres lits.

Il s'assit et regarda autour de lui. Là-bas, ils étaient toujours massés devant la fenêtre et contemplaient Eighth Street. Et à l'autre bout de la pièce, l'autre groupe était toujours occupé à jouer au poker. Entre les deux groupes, les rangées de lits étaient remplies d'hommes qui dormaient, d'hommes qui grognaient et d'hommes qui, assis tout comme lui, se demandaient que faire.

Il regarda sa montre. Trois heures dix. Trop tard pour rentrer à la maison ; le mieux était donc de se rendormir. D'un autre côté, il n'était pas du tout fatigué.

C'était étrange. Il n'avait pas dormi très longtemps et il aurait dû être très fatigué, surtout avec cette drogue qu'il avait prise, ce mélange de tabac à priser, d'aspirine et de cola.

Il tressaillit soudain, se demandant si Woodrow lui avait rendu son portefeuille.

Il tâta la poche de sa veste : le portefeuille n'y était pas. Mais, à cet instant, il se rappela clairement que Woodrow le lui avait rendu ; il avait même donné à Woodrow un billet de cinq dollars.

L'instant d'après, il se souvint de Chango et de Rook.

Et, quelque part dans son cerveau, il y eut un déclic ; un magnétophone se mit à repasser la conversation qu'il avait enregistrée sans s'en rendre compte.

Elle commença par la fin : le sifflotement musical, la petite mélodie sautillante, puis elle se déroula à l'envers à partir de là, avec la voix de Chango : « Je crois que ça devrait marcher », puis la voix de Rook : « Ce détraqué ? »

Il entendit la voix de Chango : « Si Lanson est encore vivant, je l'achève », puis la voix de Rook : « C'est le bouc émissaire idéal. »

Il était maintenant sorti de son lit et descendait l'allée en courant. Il ouvrit la porte et, dans l'étroit couloir, passa en trombe devant le vieil homme, qui ne leva même pas les yeux de son journal grec.

Il dévala l'escalier et atterrit en dérapant sur le trottoir verglacé de Eighth Street. Il se dit qu'il était trop tard, que le mal était déjà fait, mais il courut malgré tout, implorant la rue de lui envoyer une voiture de patrouille, ou un policier, ou un passant quelconque à qui il pourrait demander de l'aide. Mais tout ce que la rue lui montra fut, sous un réverbère, un bâtard vacillant sur ses pattes tremblantes, qui essayait de faire son choix entre trois poubelles.

Tandis que Darby fonçait dans Vine Street, un gros camion approcha en ferraillant ; Darby bondit sur le côté, en faisant au chauffeur des signes frénétiques. Avec un sourire, le chauffeur le salua joyeusement et le camion s'éloigna.

Il se maudit de n'avoir pas arraché le vieux à la lecture de son journal grec. Il aurait dû y penser. Ou bien s'assurer le concours de ses voisins de lit. Il y avait un tas de choses auxquelles il aurait dû penser.

Il n'avait jamais vu une rue aussi vide.

L'entrée de la ruelle, à côté de la pharmacie, était grande ouverte et lui disait : Allez ! Allez ! Il s'engouffra dans l'étroit intervalle entre une palissade éventrée et des murs en brique, en se demandant comment il arrivait à garder son équilibre et à courir aussi vite sur cette neige compacte et glissante. Il enfila la ruelle à toute allure et arriva devant la porte, qui était entrouverte. Il la poussa complètement. A l'instant même où il s'élançait, il entendit un bruit de lutte à l'étage.

Il n'y avait pas de voix, juste des chocs sourds. Au moment où il s'engageait dans l'escalier, il entendit le bruit d'une chaise heurtant le plancher. Mais, d'un seul coup, tous les bruits cessèrent, même le bruit de ses pas sur les marches. Il fallait maintenant qu'il se fasse très discret, qu'il avance avec prudence et habileté, afin qu'ils ne soient pas préparés à son irruption.

Au moins, se dit-il en longeant silencieusement le couloir, il restait encore une chance. S'il pouvait les prendre par surprise, s'il les effrayait suffisamment, peut-être qu'ils abandonneraient leur projet et détaleraient à toutes jambes.

Mais il était trop tard, certainement ; il se mordit la lèvre avec force, en essayant d'arrêter de penser qu'il était trop tard.

Il arriva devant la porte fermée de la chambre. Il tourna le bouton et parvint à ouvrir le battant sans un bruit.

Il vit Rook, accroupi devant une commode dont il fouillait les tiroirs de ses doigts agiles. Il vit une lampe et une chaise renversées, et il vit Chango, à cheval sur le corps immobile de Pete Lanson. Les bras raidis de Chango diffusaient leur force dans les poignets et dans les doigts épais qui serraient la gorge de Pete.

A l'instant où Darby sautait sur Chango, Rook poussa un cri d'avertissement. Chango se retourna et tenta de se redresser. Darby décrivit un large moulinet avec son bras droit et son poing atteignit Chango dans l'œil. Le colosse s'effondra et Darby lui décocha un coup de pied, qui manqua son but. Il fit aussitôt volte-face, juste à temps pour esquiver le serre-livres en bronze que Rook brandissait comme un gourdin. Rook fit une nouvelle tentative, mais Darby fendit l'arc de bronze et, d'une manchette du bras droit, il toucha Rook juste à la pointe du menton.

Rook ploya les genoux, tomba à plat ventre et demeura étendu par terre.

Chango, qui s'était relevé, se jeta sur Darby, les doigts écartés comme des griffes. Darby lança une droite croisée, manqua sa cible ; Chango tenta de lui saisir le poignet, échoua, et reçut le crochet du gauche de Darby juste sous l'oreille. Avec un sourire grimaçant, il revint à la charge.

Darby vit alors, par terre, le serre-livres en bronze. Il chercha à s'en emparer, mais il ne fut pas assez prompt. Chango l'attrapa par la taille, le souleva du sol et continua de le soulever jusqu'à ce que Darby se retrouve presque en position horizontale au-dessus de la tête de Chango.

Chango le projeta avec violence contre le mur.

Mais Darby atterrit sur le lit et se redressa aussitôt, tandis que Chango plongeait sur lui. Il frappa Chango au visage. Chango, immobile, le considéra un moment, tout en laissant tomber deux dents de sa bouche ensanglantée. Puis Chango plongea, tête baissée, et entoura de ses bras les genoux de Darby. Les deux hommes roulèrent sur le lit et tombèrent sur le plancher, Chango sur le dessus.

Chango noua ses mains autour de la gorge de Darby et commença à serrer.

A cet instant, Rook revint à lui. Il se mit debout, vit ce qui se passait et cria :

— Non, arrête ! Si tu le supprimes, on perd notre bouc émissaire.

Chango le regarda, bouche bée.

— Tu as raison. J'avais oublié.

— Assomme-le simplement, dit Rook.

Chango lâcha la gorge de Darby. Lentement, avec un plaisir intense, il ferma sa main droite et crispa le poing, en visant avec soin le menton de Darby. Darby écarta brusquement la tête et, en même temps, saisit à pleines mains l'épaisse chevelure noire de Chango. Il tira de toutes ses forces.

Le hurlement de douleur de Chango déchira l'air de la pièce. Darby continua à tirer sur les mèches noires, en se tortillant pour se dégager du colosse ; il entendit un curieux bruit de déchirure qui semblait provenir du cuir chevelu de Chango, et les hurlements redoublèrent. Chango était maintenant à quatre pattes tandis que Darby, debout au-dessus de lui, lui tirait les cheveux.

Rook ne bougea pas. Il n'avait jamais rien vu de tel et il observait la scène, en proie à une terreur mêlée de fascination. Il vit le sang jaillir du cuir chevelu de Chango, il entendit le bruit de déchirure, plus fort — et, d'un seul coup, un morceau du cuir chevelu céda.

Fou de douleur, Chango tomba sur le flanc, les yeux hermétiquement fermés, et roula sur le dos en brandissant les poings au plafond.

Le tapis vert foncé était souillé de lambeaux de peau, de cheveux et de sang.

Pour Rook, c'en était un peu trop. Imaginant la même chose lui arriver, il émit un petit couinement et battit en retraite vers la porte. Chango bondit sur ses pieds, lâcha un dernier cri, qui se mua en sanglot, et sortit de la pièce derrière Rook. Les sanglots de

Chango se perdirent dans le hall, puis s'éteignirent tout à fait.

Darby s'assit au bord du lit. Il avait envie d'examiner Pete, mais, en même temps, il avait peur de le regarder.

Il vit le portefeuille, par terre, et les cartes éparpillées sur le sol. Il se dit que la seule chose à faire était de remettre les cartes dans le portefeuille, d'empocher le portefeuille et de filer tant que la voie était libre.

Il ramassa les cartes, le portefeuille, et se dirigea vers la porte.

Malgré tout, cela ne semblait pas loyal de partir de cette façon.

Il se demanda pourquoi diable il raisonnait en terme de loyauté ou de déloyauté, de bien ou de mal, de bonne action considérée par opposition à la mauvaise action. La nuit s'achevait comme il avait voulu qu'elle s'achève, avec cette silhouette immobile par terre, de l'autre côté du lit — preuve formelle que Joli Cœur ne ferait jamais plus l'amour. Son vœu s'était réalisé, tout était maintenant terminé.

Il se détourna de la porte et se dirigea à pas lents vers l'autre côté du lit, en essayant très fort de se persuader que tout était terminé.

Il entendit le gémissement de Pete prouvant qu'il vivait encore ; il n'entendit pas son propre soupir de soulagement et de gratitude.

Une demi-heure plus tard, Pete était assis dans un fauteuil, près de la fenêtre, sa gorge nue enduite d'une épaisse pommade blanche qui dissimulait les marques bleuâtres. Adossé à l'appui de la fenêtre, Darby fumait.

Sans excuses ni regrets, sans émotion d'aucune sorte, il avait tout raconté à Pete, en commençant par l'incident du soir du mariage, quatre ans auparavant, et en passant directement à l'incident le plus récent, le soir où Vivian lui avait fait croire qu'elle téléphonait à la police. Il reprit ensuite son récit à partir de là. Les yeux rivés au sol, Pete ne l'interrompit pas une seule fois.

Darby avait maintenant terminé et attendait que Pete dise quelque chose.

Il apparut que Pete n'avait rien à dire. Au bout d'un moment, Darby murmura :

— Je crois être maintenant capable d'affronter la situation. Si c'est vraiment toi que Vivian désire, je m'effacerai.

Pete le regarda.

— Tu crois sincèrement à ce que tu dis, n'est-ce pas ?

— C'est la seule chose à laquelle je puisse croire.

— C'est énorme. — Pete porta la main à son cou et toussota. — Tu es un homme malade, Al. Tu es très malade.

Darby ouvrit la bouche pour protester mais s'aperçut qu'il n'avait aucun argument à opposer à cela.

— Quoi que je te dise, reprit Pete, je ne te convaincrai pas. Tu me fais confiance dans la mesure où tu peux te faire ton cinéma. Et c'est vrai pour tout le monde, pas seulement pour moi. C'est écrit sur ta figure.

De l'endroit où il se tenait, il voyait son visage dans le miroir de la commode. Apparemment, son expression n'avait rien d'anormal. Il avait l'air parfaitement calme ; il souriait même un peu.

— Je voudrais que tu m'expliques ce qui s'est passé exactement le soir du mariage, dit-il. Mais peut-être vas-tu me dire que tu ne t'en souviens pas ?

— Je m'en souviens, dit Pete. En réalité, tu as surpris une dispute à propos d'une question d'argent, rien de plus.

Il fronça les sourcils.

— Une question d'argent ?

— Le père de Vivian m'avait prêté deux cents dollars. Et Vivian a cru que je refusais d'honorer ma dette. — Il ajouta avec une légère indignation : — En moins d'un mois, j'avais tout remboursé.

Il se demanda ce qu'il pouvait dire à cela, sachant bien qu'il n'y avait rien à dire. Par son silence, il acceptait sans réserve le témoignage de Pete.

— Autre chose ? s'enquit doucement Pete.

Il secoua la tête. Puis, histoire de faire quelque chose, il s'écarta de la fenêtre pour ramasser les chaussettes et les mouchoirs éparpillés par terre. Il les remit dans les tiroirs ouverts de la commode.

— J'espère qu'ils n'ont rien emporté, dit-il.

Pete eut un rire léger.

— J'ai regardé. Tout ce qu'ils ont récolté, c'est une paire de boutons de manchettes. Environ trois dollars de butin.

Darby ramassa des cravates, qu'il plia avant de les ranger dans le tiroir.

— Il vaudrait mieux faire examiner ta gorge. Tu devrais appeler ton médecin.

— J'irai le voir demain. — Pete se leva. Son sourire était amical, dépourvu de rancune. Il posa la main sur l'épaule de Darby. — Al, j'espère que tu vas t'en sortir. Quel que soit le problème, je te souhaite de le résoudre.

Darby regardait dans la glace et il voyait une énigme.

— Quel que soit le problème, dit-il.

Il voyait le plancher et les murs à travers un voile

vert pâle, comme les profondeurs d'une forêt embrumée d'où on ne pouvait sortir, même en ouvrant une porte.

Il dit adieu à Pete, sortit de la chambre et s'enfonça dans la forêt.

CHAPITRE XVI

Il prit un taxi à Vine Street ; quarante minutes plus tard, il arrivait chez lui. Toutes les lumières étaient éteintes. En entrant dans la maison, il prit soin de marcher sur la pointe des pieds pour ne pas réveiller Vivian. Il alla dans la chambre, vit la masse de cheveux bruns sur l'oreiller et entendit la respiration lente et régulière. Il était très impatient de lui parler, mais il jugea que ce ne serait pas bien de la réveiller à cette heure de la nuit.

Il emporta dans la salle de bains un peignoir et un pyjama en flanelle, remplit la baignoire d'eau chaude, entra dedans et frotta une éponge avec du savon. L'eau était très chaude et, au début, ce fut une épreuve ; mais il en vint peu à peu à l'apprécier et il se dit que c'était quand même agréable d'être de retour chez soi.

Il sortit de la baignoire, s'essuya, se savonna le menton et se rasa. C'était vraiment bien agréable d'être chez soi. Il enfila ses pantoufles et resserra la ceinture de son peignoir. Puis il alla dans la cuisine et mit du café à chauffer.

Assis devant la table, il buvait son café en tirant sur une cigarette quand quelque chose lui fit lever la tête. Et il vit Vivian sur le seuil.

— Hello, dit-il.

Elle ne répondit pas. Elle entra dans la cuisine, prit une tasse et une soucoupe dans le placard et se servit du café. Et elle resta devant la cuisinière à siroter son café.

— Je suis désolé de t'avoir réveillée, dit-il.

— Tu ne m'as pas réveillée. Je t'ai entendu rentrer.

— Vraiment ? — Il alluma une autre cigarette. — Alors pourquoi as-tu fait semblant de dormir ?

— Je voulais voir ce que tu ferais.

Il tira nerveusement sur sa cigarette.

— Que pensais-tu que je ferais ?

Elle haussa les épaules et répondit d'un ton léger :

— Oh, je pensais que tu ferais tes valises et que tu m'écrirais un mot d'adieu.

La cigarette eut soudain un goût amer. Il commença à l'écraser, puis changea d'avis et aspira une autre bouffée nerveuse.

— Qu'est-ce qui t'avait donné cette idée ?

Elle posa sa tasse de café sur la table et s'assit.

— Je ne sais pas, murmura-t-elle. C'est peut-être ce que j'ai envie que tu fasses.

Son visage se rembrunit.

— Tu le veux vraiment ? — La cigarette tomba par terre. Ses mains étaient comme des pinces qui mordaient le bord de la table. — Tu veux que je m'en aille ?

Elle fit tourner sa tasse dans un sens et dans l'autre sur sa soucoupe.

— Je ne sais pas très bien, dit-elle. Dans mon état d'esprit actuel, je ne sais pas très bien ce que je veux que tu fasses.

Il se pencha pour ramasser sa cigarette.

— Je suppose que tu en as par-dessus la tête de moi.

— En effet.

Ce fut douloureux, mais il sourit et garda les yeux fixés sur sa cigarette.

— Et tu ne veux plus de moi ?

— Non.

— Je ne te crois pas, dit-il.

— Non ? — Elle eut un rire bref, ironique. — Qu'est-ce que tu t'imagines ? Que je vais me jeter à tes pieds, te supplier ? Me prends-tu pour une de ces femmes stupides qui se jettent sur leur lit pour pleurer toutes les larmes de leur corps ? Il t'intéressera peut-être de savoir que je suis sortie hier soir et que je me suis bien amusée.

— Vraiment ? murmura-t-il. Tant mieux.

Un long moment, elle resta immobile à le regarder. Elle avait les lèvres serrées, la respiration haletante. Puis sa respiration se fit encore plus haletante. Soudain, elle bondit sur ses pieds, saisit sa tasse et la lui lança violemment à la tête.

La tasse lui effleura la tempe et alla se briser contre le mur. Un peu de café lui éclaboussa l'épaule.

Il ne bougea pas. D'une voix détendue, il s'enquit :

— Pourquoi ce geste ?

— Pour ta maudite intelligence, grinça-t-elle en s'avançant vers lui. Où étais-tu cette nuit ? Avec qui ?

— Attends un peu...

— Rien du tout. — Elle s'approcha tout contre lui et lui arracha la cigarette des lèvres. — Et ne me raconte pas d'histoires à dormir debout. Dis-moi simplement pourquoi tu as les yeux injectés de sang et où tu as récolté cette égratignure sur la joue. Allez, dis-moi tout sur cette folle soirée. Comment s'appelait-elle ?

Penchée sur lui, elle le tenait fermement par les

épaules. Il tenta de se lever mais le poids de Vivian le bloquait contre le mur.

— Arrête de me casser les pieds.

— Dis-moi son nom.

— Laisse tomber, tu veux ?

Il fit une nouvelle tentative pour se dégager, mais elle tint bon.

Elle se mit à crier :

— Tu vas me dire son nom ! Je t'obligerai à me dire...

— Pas la peine de hurler comme ça, soupira-t-il. Les voisins...

— Je me fous des voisins !

Elle avait le visage empourpré, les yeux égarés.

Il se dit qu'il n'y avait rien là de bien extraordinaire. C'était juste un mari et sa femme qui se disputaient en pleine nuit. Et ce n'était certainement pas la première fois qu'il se bagarrait avec elle. Il n'y avait donc vraiment pas de quoi s'en faire ; le mieux était de la laisser continuer son cirque jusqu'à ce qu'elle soit fatiguée.

Elle criait et le traitait de tous les noms, mais il n'y prêtait pas attention. Il se disait qu'il y avait des situations bien pires pour un homme que d'affronter une épouse en colère, surtout une épouse qui était si jolie quand elle était en colère. C'était vraiment excitant de la sentir si près tandis qu'elle le retenait sur sa chaise. Pendant qu'elle le traitait de salopard, de vaurien et d'hypocrite il concentrait son attention sur les formes épanouies et appétissantes de son corps, visibles sous la chemise de nuit.

Il se dit que c'était une femme superbe, vraiment sensationnelle. Peut-être pourrait-il la persuader de s'asseoir sur ses genoux.

— Espèce de sale poltron ! s'emporta-t-elle. Pourquoi as-tu pris la peine de rentrer à la maison ? Juste pour prendre un bain ? Et cesse de me regarder avec ce petit sourire. Ne me regarde pas comme ça, tu m'entends ?

Assis sur sa chaise, il la dévorait des yeux. Elle se rapprocha de lui et le secoua violemment. Il sentit une brûlante vague de désir l'envahir.

— Je t'ai dit de ne pas me regarder avec ce sourire.

Il tendit les bras et la prit par la taille.

Elle se dégagea avec rudesse. Il se leva de sa chaise et fit une nouvelle tentative. Il attrapa un pan de la chemise de nuit et s'aperçut qu'il était incapable de lâcher prise ; le tissu se déchira, mais il n'arrivait toujours pas à lâcher prise.

Son sourire était apathique mais ses yeux déterminés.

Il se cramponnait maintenant des deux mains à la chemise de nuit, l'arrachant des épaules de Vivian. Elle le regarda d'un air déconcerté et, l'espace d'un instant, ses yeux dirent : Je ne connais pas cet homme-là. Mais l'instant d'après, ses yeux s'enflammèrent de rage et elle le gifla de toutes ses forces sur la bouche.

Il partit en arrière, heurta la table et s'y cramponna pour se retenir. Mais le sourire demeura sur ses lèvres.

— Vraiment, marmonna-t-il, je suis fou de toi. Absolument fou de toi.

Elle arrangeait les lambeaux de sa chemise de nuit pour tenter de couvrir sa nudité.

Il avança vers elle. Elle fit un pas en arrière, en disant :

— Ne t'approche pas.

Elle continua à reculer. Lentement, il s'avança.

Toujours à reculons, elle traversa le hall et entra dans la chambre. Elle essaya de lui fermer la porte au nez mais il se força un passage. Elle courut à la coiffeuse et s'empara d'un grand miroir à main.

— Je t'avertis, dit-elle. Ne t'approche pas.

— Mais pourquoi ? demanda-t-il avec douceur, comme s'il ne saisissait pas la cause de toute cette agitation. Tu ne m'as donc pas entendu ? Je t'ai dit que j'étais fou de toi.

— Parfait, dit-elle. Merci beaucoup. Et maintenant, va-t'en.

De la main qui tenait le miroir, elle indiqua la porte. Il considéra la porte d'un air perplexe, comme s'il ne savait pas ce que c'était.

— Comment ça, « va-t'en » ? Où veux-tu que j'aille ?

— Peu importe. Va-t'en, c'est tout.

Ses idées commençaient à s'éclaircir. Il sentait sous ses pieds le plancher, solide et tout ce qu'il y avait de réel. Son sourire avait maintenant disparu ; le visage impassible, il dit :

— C'est ici que j'habite.

— Vraiment ? C'est gentil à toi de me le dire. Je ne m'en serais pas doutée.

Il se mordit avec force le coin de la bouche.

— Et je n'étais pas avec une femme cette nuit.

Elle posa le miroir sur la coiffeuse.

— Es-tu prêt à le jurer ? dit-elle avec calme.

— Je t'en donne ma parole. Si cela doit être utile, j'en ferai le serment solennel. Depuis le jour de notre mariage, je n'ai pas posé les mains sur une autre femme que toi.

Elle s'assit sur le bord du lit et regarda le plancher.

— Peut-être dis-tu la vérité. Je voudrais pouvoir en être sûre. Il y a quelque chose... quelque chose que je ne comprends pas. — Elle prit une profonde inspiration avant de poursuivre : — L'autre nuit, quand tu as cru entendre un cambrioleur, je t'ai dit que j'allais téléphoner à la police, mais ce n'est pas la police que j'ai appelée. C'est mon père.

Il ne dit rien.

Elle continuait à regarder le plancher.

— J'ai appelé mon père parce que j'avais besoin de me confier à quelqu'un. A une personne en qui je pouvais avoir confiance. J'avais peur. Pour nous deux. Je lui ai souvent téléphoné au milieu de la nuit. Je suis allée le voir dans la journée. — Elle leva la tête, et ses yeux étaient calmes. — Je lui parle de ce qui se passe entre toi et moi. Tout ce qu'il sait faire, c'est m'écouter en hochant la tête. Et me dire de ne pas m'inquiéter.

— Pourquoi ne suis-tu pas son conseil ?

Elle eut un pâle sourire, un peu las.

— J'ai essayé. J'ai essayé aussi fort que j'ai pu. Mais rien à faire, je n'arrive pas à me débarrasser de cette impression.

— Que veux-tu dire ? Quelle impression ?

— Je n'arrête pas de me dire qu'il y a quelqu'un d'autre. — Elle se leva. Son sourire s'épanouit et elle serra étroitement ses lèvres pour les empêcher de trembler. Puis elle reprit : — C'est la vérité, n'est-ce pas ? Tu as une autre femme dans ta vie.

Il se détourna.

Il sentit sa main sur son épaule et l'entendit murmurer :

— Dis-le moi. Je t'en prie, dis-le moi. Qui est-ce ?

Il baissa la tête et contempla le plancher, en souhaitant pouvoir passer au travers.

— Je ne peux pas te le dire.

La main glissa de son épaule. Il y eut un moment de silence total.

— Je regrette, dit-il, mais je ne peux pas en parler.

— Pourquoi? — Elle le prit par le bras et le fit se retourner, l'obligea à lui faire face. — De quoi as-tu peur ?

Il respirait avec peine, comme si respirer était un effort pénible, comme si l'air se raréfiait et qu'il risquait de suffoquer s'il ne s'échappait pas d'ici.

Il ne pouvait pas la regarder.

Elle se fit implorante.

— Qu'y a-t-il ? Pourquoi as-tu l'air si coupable ? Dis-le moi.

Il sentit l'étreinte de ses bras. Mais c'était une étreinte sans chaleur, sans passion ; c'était comme la pression de chaînes qui tentaient de le retenir ici, dans cette pièce suffocante.

Il l'écarta et adressa un mince sourire à cette jeune femme aux cheveux sombres, vêtue d'une chemise de nuit en loques, qui le regardait s'habiller. Elle le suivit dans le hall, le regarda mettre son raglan et son écharpe, le regarda par la fenêtre de la cuisine sortir la voiture du garage.

Les rues verglacées n'aboutissaient nulle part. Et Frankford n'était plus Frankford mais un endroit froid, obscur et désert, où, ça et là, brillaient des réverbères qui ne jetaient de lumière sur rien. La Plymouth tournait lentement en rond, en un cercle qui traversait Roosevelt Boulevard, à l'est de Castor Avenue, et revenait le croiser plus haut, plusieurs blocs à l'ouest de Castor Avenue. Il n'y avait aucune circulation pour perturber l'itinéraire, et la Plymouth tournait en rond.

Il savait qu'il conduisait une voiture qui ne l'emmenait nulle part, mais c'était sans importance. Car, de temps à autre, il fermait les yeux et, dans les ténèbres, loin de la voiture, loin de tout, il voyait l'écran noir, et puis le visage.

Le visage d'une jeune fille. Aux cheveux blond platine.

Et chaque fois qu'il le regardait, le visage se rapprochait. Si bien que, finalement, les traits se précisèrent et il sut qui c'était.

La jeune fille avait quinze ans. C'était Marjorie. C'était sa sœur.

Et il était là, lui le petit frère. Un garçon de douze ans au visage sombre, une valise à la main.

Il disait adieu à Marjorie. Il parlait tout bas, parce que c'était la nuit, très tard, et qu'il ne voulait surtout pas réveiller ses parents

Marjorie n'essayait pas de le retenir. Elle frissonnait un peu, mais seulement parce qu'il faisait froid, là, dans le living room, près de la porte d'entrée. Elle avait les mains dans les poches de sa robe de chambre.

— Où iras-tu ? dit-elle.

— Je ne sais pas.

— Tu as de l'argent ?

Il fit oui de la tête.

— N'as-tu pas peur de partir tout seul ?

— Non, dit-il. J'ai pas peur.

Alors, sans le regarder, et comme si les mots avaient du mal à sortir, elle dit :

— Tu sais, tu n'es vraiment pas obligé. Personne ne te force à partir.

Il se demanda pourquoi elle disait cela de cette façon — presque comme si elle désirait qu'il s'en aille. Il n'arrivait pas à comprendre pourquoi elle ne le regardait pas. Après tout, c'étaient les derniers instants qu'ils passaient ensemble. Ils ne se reverraient jamais plus.

Des larmes jaillirent de ses yeux et coulèrent le long de ses joues. Non pas parce qu'il s'enfuyait de chez lui. Uniquement parce qu'il ne supportait pas l'idée de quitter Marjorie.

Néanmoins, il serrait avec détermination la poignée de sa valise. De son autre main, il essuya ses yeux embués de larmes. Il ouvrit la porte et sortit de la maison, tout tremblant au moment d'affronter le monde ténébreux et inconnu.

Bien entendu, l'escapade ne dura pas longtemps. Six jours, pour être exact. Il fut immensément soulagé lorsqu'on le ramena chez lui. Mais le soulagement fit place au désespoir quand il s'aperçut que Marjorie n'était pas là. Et ses parents avaient un comportement si étrange... Ils lui parlèrent à peine. Ils se contentèrent de lui dire que Marjorie était partie vivre à la campagne, chez des cousins, comme si tout était dit et qu'il ne fallait plus revenir sur le sujet.

La Plymouth traversa Roosevelt Boulevard. Darby essayait de revenir au présent, dix-huit années plus tard, mais un crochet en forme de point d'interrogation refusait de le laisser repartir.

Pourquoi, à l'âge de douze ans, s'était-il enfui de chez lui ?

Qu'avait-il fait ?

Il tenta de saisir la réponse, et c'est à peine s'il se rendit compte qu'il dirigeait la Plymouth vers Kensington.

Vers les yeux vert pâle et les cheveux blond platine de Geraldine.

CHAPITRE XVII

A cinq heures et quart du matin, une tempête de neige traversa Kensington en hurlant ; en l'espace de quelques minutes, elle avait atteint sa pleine puissance. Sur Allegheny Avenue, un tramway dérailla et entra en collision avec une camionnette de laitier, arrêtée au milieu de la rue, qui tomba sur le côté et manqua de peu la Plymouth de Darby. Elle aurait heurté la Plymouth si Darby n'avait pas braqué à mort, envoyant la voiture dans un monticule de neige. Il fit marche arrière pour se dégager, contourna la camionnette et le tramway accidentés et sentit la voiture vibrer sous les efforts du vent pour la faire chavirer. Derrière le pare-brise, l'air et la rue se fondaient dans un blanc tourbillon de neige.

La voiture tourna un coin de rue, tourna encore d'autres coins de rue, remonta l'étroite ruelle et s'arrêta en grinçant devant la maison qui avait été autrefois une confiserie.

Il descendit de voiture, monta jusqu'à la porte et sonna. Il pensait qu'il lui faudrait sonner pendant au moins deux ou trois minutes pour la réveiller mais, quelques instants seulement après sa première sonnerie, la porte s'ouvrit et il eut devant lui les cheveux blond platine, le manteau de fourrure bon marché et les mules à talons plats.

Elle ne le regardait pas. Elle contemplait, derrière lui, le blanc carrousel du vent et de la neige.

Puis, se tournant, elle lui fit signe d'entrer et de fermer la porte. Il la suivit et remarqua, dans la pièce du fond, la lueur orange du radiateur électrique qui tentait de chauffer la maison. Il capta l'arôme du parfum japonais et vit le flot languide des peaux du petit-gris, la fourrure encore fournie et élégante quoique vieille et râpée.

Dans la pièce du fond, elle retira la fourrure et il vit la même robe grise qu'elle portait l'autre nuit, il y avait si longtemps. Ou bien était-ce seulement la nuit dernière ?

— Je suis désolé de t'avoir réveillée, dit-il.

Elle alla s'asseoir sur le divan et lui sourit.

— Je ne dormais pas.

Darby fronça les sourcils.

— A cette heure ? Que faisais-tu ?

— Je t'attendais, murmura-t-elle.

Il ôta son raglan et le plia sur une chaise.

— Comment savais-tu que je reviendrais ?

— Je le savais, c'est tout. — Brusquement, elle se redressa, les membres raidis, et le regarda d'un air inquisiteur. — Bon sang, que regardes-tu comme ça ?

— Tes cheveux.

D'un geste instinctif, elle leva la main vers sa tête.

— Qu'est-ce qu'ils ont, mes cheveux ?

— Rien, dit-il. Ils sont très beaux.

Elle haussa les épaules.

— Ils sont comme ils ont toujours été. Tu les as déjà vus.

— Vraiment ? — Il se dirigeait vers le divan. — Non, je ne le pense pas. Ou alors, peut-être que je n'y avais pas fait attention. Je ne m'étais pas rendu compte qu'ils étaient si beaux.

— Est-ce pour cela que tu es venu en voiture par cette tempête de neige ? Juste pour admirer mes beaux cheveux ?

Il s'assit près d'elle sur le divan.

— Je suis venu pour être avec toi.

Elle leva les mains et examina attentivement ses ongles orange. Elle passa ses pouces sur le vernis brillant, en respirant lentement, avec une sorte de plaisir paisible, comme si l'air de la pièce avait bon goût.

Et, sans cesser d'étudier ses ongles, elle dit :

— Tu ferais mieux de réfléchir. Tu prends un gros risque.

— Pourquoi ?

Elle le regarda, un pâle sourire sur les lèvres.

— J'imagine que j'aurais dû te le dire. J'ai un petit ami.

Sur le moment, il n'éprouva rien. Puis, d'un seul coup, la jalousie le submergea. Avant même qu'il ait pu tenter de se raisonner, la colère apparut dans ses yeux et dans sa voix :

— Voilà qui ne me plaît pas.

— Le contraire m'aurait étonnée.

Penchée en arrière, elle l'enveloppait du regard avec aménité ; puis elle hocha légèrement la tête, satisfaite de ce qu'elle voyait.

Darby avait les muscles tendus, les poings sur les genoux.

— Comment s'appelle-t-il ?

Elle haussa les sourcils, juste un peu.

— Alors là, dit-elle, je ne pense pas que cela te regarde.

— Justement si.

La brusquerie de sa voix lui fit hausser les sourcils. Mais le pâle sourire demeura sur ses lèvres. Puis, de nouveau, elle haussa les épaules.

— Oh, bon, si tu le prends sur ce ton. Il s'appelle Charlie.

— Charlie. — Il s'entendit cracher ce nom comme si c'était du venin. — Depuis combien de temps connais-tu ce type ?

Il la vit s'adosser au divan, la tête abandonnée contre le velours, les yeux fixés droit devant elle. Son pâle sourire était toujours là mais subtilement changé, comme absent.

— Environ un an.

— Tu me connais depuis plus longtemps que ça.

— Et alors ? — Elle continuait à regarder droit devant elle. — Qu'est-ce que ça veut dire ?

Il ouvrit la bouche pour répondre vertement et s'aperçut qu'il n'y avait pas de réponse. Il se creusa la tête quelques instants, en vain. Finalement, il dit :

— D'accord, parle-moi de ce Charlie. Qu'en est-il exactement ?

— Il est gentil.

— Nom de Dieu !

Sa fureur crépita ; il entendit sa respiration sifflante, se leva, alla à l'autre bout de la pièce et revint s'asseoir sur le divan. Il était incapable de parler.

— Oui, dit Geraldine dans un souffle, Charlie est très gentil. Et il est toujours là quand j'ai envie de lui.

— Ça suffit, dit Darby. Tu vas te taire. Qu'est-ce que tu cherches ? A m'exciter ?

— Tu es déjà excité. — Elle inclina la tête, toujours son vague sourire sur les lèvres. — Je me demande simplement ce que tu vas faire à ce sujet.

— L'écarter, voilà ce que je vais faire.

— Tu penses vraiment y arriver ?

— Et comment !

Elle laissa échapper son petit rire sec :

— Mais réfléchis, Alvin. Regarde les choses comme elles sont. Charlie a une position solide. Il est ici presque tous les jours. Toi, tu viens me voir une fois tous les six ans.

Darby fixa son regard sur les cheveux blond platine.

— Cette fois-ci, cela n'a pas fait six ans. Même pas une heure. Je ne suis jamais parti.

Tout ce qu'il entendit alors fut le silence. Et tout ce qu'il vit fut les cheveux blond platine et les yeux vert pâle. Qui venaient vers lui, alors même qu'elle n'avait pas bougé. Et les seins venaient vers lui, tandis que les ongles orange jouaient nonchalamment avec les boutons blancs pour ouvrir le corsage de la robe. Le parfum japonais s'infiltra dans sa tête. Et à cet instant, alors qu'il sentait monter la flamme, qu'il sentait la boule dans sa gorge et les picotements dans tous ses pores, il vit glisser le corsage de la robe et il vit les mains de Geraldine en coupe sous les seins nus — le geste de silencieuse invite.

Et elle avait la bouche ouverte. Le bout de sa langue glissait lentement entre les lèvres orange. Les yeux vert pâle lui sourirent lorsqu'il vint vers elle et, sans mouvement apparent, elle s'installa sur le divan. Darby était rongé par une flamme volcanique, dont la crête explosa dans son cerveau lorsqu'il vit les bras de Geraldine se tendre vers lui, qu'il sentit ses mains sur son visage, puis goûta ses lèvres.

Les vêtements qui, un à un, tombaient sur le plancher, étaient des portions de temps qui s'égrenaient et le ramenaient en arrière, de plus en plus loin, aux nuits ajoutées aux nuits ; à toutes ces nuits passées sur ce même divan, longtemps auparavant, lorsqu'ils s'envolaient ensemble sur une étoile, loin de Kensington, loin de Philadelphie et du monde des vivants. Sur une étoile où le feu brûlait en surface sans jamais faire mal, une étoile où ils avaient leur façon particulière de faire du feu.

La voix de Geraldine lui parvint :

— Tu ne m'avais encore jamais embrassée comme ça.

— Geraldine... murmura-t-il.

Dehors, le blizzard envoyait un de ses bataillons à l'assaut de l'étroite ruelle et le vent hurlait contre la fenêtre.

La peau de Geraldine, telle de la magie blanche, éloigna le blizzard et fit l'obscurité dans la pièce, bien que l'ampoule fût toujours allumée. A travers l'étrange brouillard gris anthracite, il vit la face orange du radiateur électrique. Elle tournait, tournait ; puis elle s'éloigna à son tour, mais pour revenir brusquement plonger ses fils incandescents dans la poitrine de Darby.

Il baissa les yeux et vit l'ongle de Geraldine qui mordait dans sa poitrine. Il vit le lent dessin circulaire qui lui entaillait la peau, faisant perler le sang. Puis, de nouveau, le G rouge apparut.

Les yeux de Geraldine lui dirent de continuer, de l'embrasser encore. De l'embrasser ici. Et là. Et d'enlever ses mains d'ici pour les mettre là. Oh ! c'est merveilleux, ça ne ressemble à aucune sensation connue. Ça ressemble à la sensation qu'on doit avoir en montant et en descendant le long d'un éclair de chaleur.

Ses seins étaient des pierres contre sa poitrine, son souffle sortait en râles lents et prolongés ; sa tête se mit à rouler de côté et d'autre, en même temps que ses yeux se plissaient sous la douleur insupportablement délicieuse.

Et puis les six années devinrent un plus grand laps de temps, l'étoile jaillit dans un vide où il n'existait rien de tel que l'espace mesuré ou une quelconque notion de temps. Il n'existait rien d'autre que le martèlement de la flamme ; aucun souvenir, aucune mention de quoi que ce fût, aucune pensée. L'étoile filait à une vitesse dépassant les limites concevables, encore plus vite, tellement vite qu'elle semblait ne pas bouger du tout. Puis, d'un seul coup, ce ne fut plus une étoile. Ce fut un jardin où la flamme s'était apaisée, comme de l'or fondu mis à refroidir pour prendre la forme d'une fleur dorée.

Il regarda les cheveux blond platine et entendit la voix de Geraldine :

— Maintenant, tu es de nouveau à moi. Et cette fois, tu ne t'échapperas pas.

Elle contemplait le G rouge gravé sur sa poitrine.

— Tu es à moi, dit-elle.

Sa voix était un crochet qui le happa, le retint et l'arracha au sommeil. Ils étaient dans la chambre à coucher et il était un peu plus de sept heures du matin. Il entendit la tempête de neige qui faisait rage au-dehors et il vit, sur le rebord de la fenêtre, la couche de neige de plusieurs centimètres. Il souleva sa tête de l'oreiller et sentit les bras de Geraldine autour de sa taille, sentit les innombrables pétales de la fleur sauvage, la douce chair tiède pressée sur toute la longueur de son corps.

Les yeux vert pâle disaient : C'est ainsi, Alvin. Toi et Geraldine. A partir de maintenant. Il n'existe rien d'autre, pas d'autre pensée. Tu le sais, n'est-ce pas ? Bien sûr que tu le sais. Bien sûr que tu le sais.

Alors, une fois encore, ce fut l'éclair, la haute tension. Ils se retrouvèrent là-haut, sur l'étoile en feu, à des millions de kilomètres au-dessus du monde terrestre.

Les yeux de Geraldine réclamaient, commandaient, lui souriaient, le mettant au défi de dire non. Et ses yeux à lui étaient tout abandon, tout adoration ; alors le sourire de Geraldine s'élargit et elle hocha lentement la tête.

Ses jambes étaient des ciseaux de feu. Ses bras, en métal flexible, lui signifaient qu'elle contrôlait tout, même le flux du sang dans ses veines.

Les yeux vert pâle dirent : Tu as été longtemps absent. Maintenant, tu vas rattraper le temps perdu.

Le vent hurla plus fort et elle cria :

— Oh, chéri ! Chéri !

Puis il eut l'impression de ramper dans une fournaise, dans les profondeurs de l'incandescence orange, de plus en plus bas, jusqu'à l'endroit où le feu était le plus ardent.

Puis elle eut un rire gémissant, qui se fit de plus en plus aigu avant de se briser ; ses bras et ses jambes devinrent inertes et ses yeux se fermèrent.

Le petit réveil, sur la table, indiquait sept heures et demie. Il se dit qu'il avait intérêt à se lever, à s'habiller et à aller travailler. Puis il pensa à la tempête de neige et il vit par la pensée les embouteillages, les gens attendant des trams ou des bus qui n'arrivaient pas et décidant, pour la plupart, d'abandonner et de rentrer chez eux.

L'agréable spectacle de tous ces gens rentrant chez eux pour se glisser sous leurs couvertures le fit sourire, et il s'endormit.

— Du café ? dit-elle. Tu as faim ?

Il était trois heures de l'après-midi ; elle venait juste

de se réveiller — et de le réveiller. A travers le carreau de la fenêtre, la ruelle faisait penser à un tube rempli de glace. Il neigeait toujours. Le vent s'était un peu calmé et, à présent, la neige tombait en une masse presque blanche.

— Juste du café, dit-il.

Elle sortit du lit, sortit de la chambre et revint lui annoncer que le pot de café était vide. Il dit que cela ne faisait rien, qu'il se passerait de café.

— Ah oui ? — Les yeux de Geraldine s'étrécirent. — Et moi, alors ?

— Bon, dit-il, je vais descendre en chercher.

Il passa dans la salle de bains pour faire sa toilette, mais elle le suivit et ferma le robinet.

— Tu te laveras tout à l'heure, dit-elle. Je veux le café immédiatement.

Il retourna dans la chambre et s'habilla. Geraldine déclara qu'elle avait envie d'une cigarette. Il lui en donna une et en alluma une pour lui.

Il boutonna son raglan jusqu'au col et, sur le seuil de la chambre, se retourna pour demander :

— Où est la boutique la plus proche ?

— Juste à l'angle. Sur Kensington Avenue.

Il sortit dans le hall et se dirigea vers la porte d'entrée. Au moment d'ouvrir la porte, il entendit Geraldine qui l'appelait de la chambre.

— Qu'est-ce qu'il y a ? répondit-il.

— Viens, je te le dirai.

Il retourna dans la chambre et vit Geraldine debout devant la coiffeuse, le regard perdu dans le miroir.

— Écoute-moi, dit-elle. J'aime une certaine marque de café. — Elle lui cita le nom de la marque. C'était un nom à consonance étrangère ; il dit qu'il n'en avait jamais entendu parler. — Oui, reprit Geraldine, elle est difficile à trouver. Seules des boutiques spécialisées en ont. Tu ne pourras pas en trouver par ici. Il faut que tu ailles dans le sud de la ville.

Il fronça les sourcils. Même par beau temps, il fallait bien quarante minutes pour se rendre dans le sud de Philadelphie en voiture.

— Le magasin est à l'angle de Sixth et de Dickinson, dit Geraldine.

Dans le miroir, il la vit qui le regardait, attendant qu'il formule une objection parfaitement justifiée. Le mettant au défi d'articuler la plus petite plainte.

Il dit simplement :

— J'espère que la voiture va démarrer.

— Sinon, murmura-t-elle, tu n'auras qu'à prendre un taxi.

Il sortit et constata aussitôt que, même s'il arrivait à démarrer, il ne pourrait pas faire avancer la voiture. Il y avait trop de neige. Elle était fortement tassée contre les pare-chocs. Il alla à pied à Kensington Avenue et dut poireauter vingt minutes au coin de la rue avant de voir arriver un taxi.

A cinq heures et demie, il était de retour avec le café. Il n'avait pas trouvé la bonne marque dans le quartier de Sixth et de Dickinson, et il n'aurait su dire le nombre de boutiques qu'il avait faites avant de trouver ce qu'il cherchait.

Pendant qu'il lui racontait son expédition, elle sortit le paquet de café du sac. Elle attendit qu'il eût fini, puis elle regarda la marque et déclara :

— Tu es un sombre crétin. Tu sais ce que tu as fait ? Tu t'es trompé de café.

— Quoi ? — Il regarda l'étiquette, éberlué. — C'est celui que tu m'as dit de prendre.

— Tu crois ? — Elle imitait son intonation contrite. Puis sa voix se fit âpre, grinçante : — Va le rendre. — Elle lui brandit le paquet de café sous le nez.

— Allez, va le rendre et rapporte-moi la marque que je veux.

— Va au diable !

Elle leva la main, ferma le poing et frappa Darby sur la bouche. Il sentit le goût du sang, en vit la couleur devant ses yeux. Il décida que c'était le moment de réagir et de lui envoyer un bon direct dans la mâchoire.

Mais il se contenta de rester là à savourer le goût du sang. Le voile rouge se dissipa et il contemplait maintenant les cheveux blonds platinés.

Elle tourna les talons et sortit de la chambre. Il l'entendit s'affairer dans la cuisine, et l'envie le prit d'aller lui dire qu'il regrettait pour le café. Elle avait absolument raison : il était vraiment stupide d'avoir oublié le nom de la marque. Mais, bon Dieu, comment avait-il pu oublier une chose aussi simple qu'une marque de café ? Il n'était quand même pas stupide à ce point-là. Ou alors, peut-être qu'il flottait dans le brouillard et qu'elle l'avait frappé sur la bouche pour le ramener sur terre. Il en vint à considérer que ce coup de poing sur la bouche était exactement ce qu'il avait mérité.

Il passa dans la salle de bains, se rinça la bouche à l'eau froide, cracha et regarda gicler l'eau, de couleur rosâtre. Puis il s'examina dans la glace de l'armoire de toilette et vit la petite enflure à l'endroit où la lèvre, coupée à l'intérieur, saillait légèrement. Exactement ce qu'il méritait.

Geraldine l'appela. Il entra dans la cuisine et vit le café qui bouillonnait dans le dôme en verre du percolateur. Puis il regarda l'évier et vit une pile d'assiettes non lavées. La poubelle débordait et une partie de son contenu s'était éparpillée sur le côté de l'évier. Il était évident que le plancher n'avait pas été récuré, ni même balayé, depuis des jours et des jours. Le dessus de la table de la cuisine était souillé de taches de jus et de sauce.

— Regarde dans le frigo, dit Geraldine. Tu trouveras un pot d'anchois.

Il ouvrit le frigidaire. Celui-ci contenait pour toute nourriture le pot d'anchois et un morceau de pain blanc.

En le voyant regarder le maigre contenu du frigidaire, elle dit :

— Ne reste pas là. Sors les provisions.

— Il n'y en a pas beaucoup.

— Il ne m'en faut pas beaucoup. — Elle ajouta vivement : — D'ailleurs, quand j'ai envie d'un festin, Charlie m'emmène dîner dehors.

Il décida de ne pas répliquer. Pas pour le moment. Il suggéra calmement que ce serait peut-être une bonne idée de nettoyer un peu la cuisine avant de se mettre à table. Elle répliqua que s'il voulait une cuisine propre, il n'avait qu'à la nettoyer. Elle fuma tranquillement une cigarette, appuyée contre le mur, pendant qu'il passait le balai et la serpillière et ouvrait la porte de derrière pour sortir la poubelle. Lorsqu'il revint, il s'attendait à la voir faire la vaisselle dans l'évier mais elle n'avait pas bougé du mur. Avec un haussement d'épaules, il s'attaqua à la vaisselle.

— Si tu aimes ça, lui dit Geraldine, je te le laisserai faire tout le temps.

— Je le fais uniquement parce qu'il faut que ce soit fait. Toutes les pièces de cet appartement ont besoin d'un bon nettoyage.

— Dis tout de suite que je suis une souillon !

— Je dis simplement...

— Oh ! tais-toi, tais-toi. Ne commence pas à m'embêter. Je ne supporte pas qu'on m'embête.

Il termina la vaisselle et ils s'assirent pour prendre le café, le pain et les anchois. Geraldine alluma une autre cigarette et n'arrêta pas de fumer en mangeant. Elle lui dit de se lever pour lui verser une autre tasse de café.

Comme il lui versait le café, il l'entendit déclarer :

— Tu sais quoi ? J'aime être servie. J'adore ça.

Il se versa une seconde tasse et s'assit. Le café était très fort, assez épais, et il avait une saveur particulière. Il vit que Geraldine se régalait : donc, en définitive, c'était bien la marque qu'elle lui avait dit d'aller chercher. Mais il n'était pas disposé à revenir sur ce sujet. Il était impatient d'aborder un sujet beaucoup plus important : la question de Charlie.

Mais avant qu'il ait pu se lancer, il entendit la voix de Geraldine :

— Voilà ce que je veux que tu fasses tout le temps. Me servir. Comme si j'étais la Reine d'Arabie. Tu sais ce que je voudrais ? Je voudrais avoir des pantoufles arabes, tu sais, ces pantoufles recourbées au bout. Et me promener pendant la journée en portant un voile. Faire comme si on vivait dans une tente en plein désert. Avec des chameaux tout autour, et des serviteurs, dehors, qui font tout ce que je leur dis. Quoi que je leur demande, il faut qu'ils s'exécutent. Certaines nuits, je m'ennuie. Je m'ennuie tellement que je fais les cent pas, très longtemps. C'est terrible. Mais tu sais quoi ? En Arabie, je ne me laisserai pas gagner par l'ennui. Oh ! non. Quand je le sentirai venir, je sortirai de la tente et je battrai des mains. Pour appeler un des hommes. Voilà comment ça sera.

— Écoute-moi, dit Darby. Je voudrais te demander quelque chose.

— Attends. — Elle leva un doigt. — Laisse-moi continuer mon petit cinéma. Prends la question de la nourriture, par exemple. J'ai lu quelque part que les Arabes mangent beaucoup de figues. Alors voilà ce que tu feras : tu iras acheter des boîtes et des boîtes de figues. Autre chose qu'ils mangent, c'est de l'agneau. Mais là, pas question. Je ne supporte pas l'agneau, quelle que soit la manière dont il est préparé. Écoute, Alvin, voilà ce que je veux que tu fasses immédiatement. Va me chercher des figues.

Elle était assise très droite, les mains cramponnées au bord de la table. Ses yeux étaient extrêmement brillants. Elle haletait.

Puis elle se mit à crier :

— Bon sang, ne reste pas assis là ! N'as-tu pas entendu ce que je t'ai dit ?

— Seigneur, murmura-t-il. Mais qu'est-ce que tu as ?

Les traits de Geraldine subirent une lente contraction qui rendit son visage hideux.

— Tu sais très bien ce que j'ai, infâme petit salaud !

Elle s'était levée de table et venait vers lui, brandissant ses mains crispées. Il bondit sur ses pieds et lui emprisonna les poignets. Il les tint fermement et les tordit aussi fort qu'il put. Elle tenta de lui envoyer des coups de pied, mais il s'écarta d'un bond ; et, comprenant que la situation nécessitait des mesures draconiennes, il continua à lui tordre les poignets jusqu'à ce qu'elle se retrouve à genoux.

— Lâche-moi ! hurla-t-elle. Lâche-moi, que je te lacère la figure, que je t'arrache les yeux, comme j'aurais dû le faire il y a six ans ! — Elle ouvrit tout grand la bouche et miaula comme un chat. — Tu croyais que j'avais oublié ? Tu croyais que j'avait tout bonnement passé l'éponge sur ta façon de me laisser tomber après m'avoir solennellement promis le mariage ? Qu'espérais-tu donc ? Que tout serait oublié, pardonné ?

Il savait qu'il devait lui tenir solidement les poignets. S'il la lâchait, nul ne pouvait prédire ce qui se passerait. Déjà, réduite à l'impuissance comme elle l'était, elle ruait et se débattait et il avait bien du mal à la maintenir au sol.

— C'est ta faute, piailla-t-elle. Tu m'as tout gâché. Du jour où tu es parti, j'ai commencé à dégringoler la pente.

Il ne comprit pas ce qu'elle voulait dire par : « dégringoler la pente ». Mais il n'était pas d'humeur à s'interroger là-dessus. La fureur de Geraldine semblait de peu d'importance en regard de la colère qu'il sentait monter en lui.

Il lui libéra les poignets et se recula, les yeux de glace.

— Lève-toi, dit-il. Et je te conseille de te calmer. Tu risquerais de recevoir un mauvais coup.

Elle le crut ; cela se voyait dans son regard. Elle avait les yeux écarquillés et secouait la tête avec lenteur. Puis elle se releva et s'appuya contre la table, le regard toujours fixé sur lui.

Il avait les lèvres serrées, tordues.

— Reine des hypocrites... Si je n'étais pas revenu, tu ne saurais même pas que j'étais encore vivant.

— Ce n'est pas vrai.

— Non ? — Il perçut le tremblement de sa voix. — Alors pourquoi as-tu attendu ? Pendant six ans, tu es restée ici à m'attendre. Est-ce là ce que tu veux me faire croire ?

— Oui, dit-elle d'une voix sifflante. Oui ! Oui ! — Elle vint vers lui, le visage de la couleur du lait. — Je savais que tu reviendrais. Six ans, seize ans...

Quelle différence ? Simple question de temps. Alors j'ai attendu.

Tout à coup, il ne sut plus très bien où il en était.

— Dans quel but ?

Elle n'eut aucune hésitation :

— Dans le but de t'avoir comme je t'ai à présent. Pour le restant de ma vie.

— C'est vraiment ce que tu veux ?

Il espérait de toutes ses forces que ce fût cela qu'elle voulait. Parce que c'était cela que lui, il voulait. Tout. Tout le temps. Au-delà du désir de la chair, il voulait la reine d'Arabie qui régnait sans merci, qui exigeait l'extravagant et le comble de l'impossible. Qui lui donnait à boire du poison et le lui faisait aimer. Et, par-dessus tout, il voulait avoir en permanence la vision de ce portrait, des yeux vert pâle et des cheveux blond platine.

— Oui, dit-elle. C'est toi que je veux, Alvin. Rien d'autre.

Il comprit alors que ça allait se réaliser. Et il décida que cela devait se réaliser jusqu'au bout. Sans partage. Sans exceptions. Pour bien lui montrer qu'il ne voulait rien laisser dans l'ombre, il ricana :

— Pas même Charlie ?

Naturellement, il entendait que Charlie lui cède la place, que Geraldine admette que Charlie ne représentait rien pour elle, n'était qu'un traîne-savates de Kensington qui, l'ayant repérée dans la rue, avait décidé de la suivre et, ainsi piégé, était devenu une sorte de garçon de courses — rien de plus.

Il entendit la voix de Geraldine :

— Non, je ne me séparerai pas de Charlie.

Ce fut comme un coup de trique en plein visage. Il ne put articuler un mot.

— Vois-tu, dit-elle, j'aime bien Charlie. J'ai vraiment beaucoup d'affection pour Charlie.

Il était toujours incapable de parler.

— C'est ainsi. — Geraldine eut un doux sourire. — Je ne peux absolument pas me passer de Charlie.

Ses lèvres remuèrent sans produire aucun son. Lorsque enfin il retrouva l'usage de la parole, sa voix n'était qu'un murmure :

— Qu'est-ce que tu me chantes ? Quelle sorte de marché as-tu encore en tête ?

— Pas un marché. — Le sourire garda sa douceur. — Un arrangement, tout au plus. Tu m'appartiendras. Et moi, j'appartiendrai à Charlie.

Très lentement, il leva la main et se caressa le côté de la tête, tandis que ses yeux contemplaient avec perplexité un mur tapissé de points d'interrogation.

Il entendit la voix de Geraldine, qui semblait provenir de l'autre côté du mur :

— Tous les trois, nous nous amuserons comme des fous.

Il vit alors, au-delà du rideau présentant toutes sortes de bizarres possibilités, Geraldine — bien réelle — qui sortait de la cuisine. Il fit mine de la suivre mais, d'un geste vif de la main, elle lui intima l'ordre d'attendre. Il décida d'obéir, pensant qu'elle avait besoin d'aller aux toilettes. Il s'assit devant la table, croisa les doigts et les contempla, conscient du tremblement de ses lèvres.

Il entendit les pas revenir vers la cuisine et se tourna pour voir Geraldine, un sac de papier à la main. Elle posa le sac sur la table, plongea les doigts dedans et en sortit une seringue hypodermique.

— Cocaïne, dit-elle. Dans la profession, on l'appelle Charlie.

CHAPITRE XVIII

Il tenta de détourner les yeux du piston adapté au tube de verre accolé à l'aiguille. Mais il se sentit contraint de continuer à regarder. Pendant ce temps, Geraldine plongeait de nouveau la main dans le sac en papier et en sortait une petite boîte blanche. Elle l'ouvrit et lui montra les capsules blanches. Il y en avait trois, trois minuscules amphytrions en jaquette de celluloïd, qui chantaient à l'unisson : Venez donc, l'eau est bonne.

Geraldine joignit sa voix au chœur :

— Ça fait maintenant un an. — Elle parlait d'un ton très joyeux. — Ça a été une année épatante, vraiment épatante — Puis les mots commencèrent à dévaler une pente. — Une année terrible. — Sa voix se fit triste. — J'avais cru que, peut-être, je pourrais m'arrêter, faire un essai. Quelle blague ! — Alors, avec une frénésie qui ne pouvait s'exprimer par la voix mais seulement par les yeux, elle reprit : — Je peux pas m'en passer, y m'en faut, y m'en faut !

Darby essayait d'analyser sa propre réaction. Passé le premier choc, il n'éprouva aucun étonnement, aucune consternation, aucune pitié, aucun dégoût. En réalité, il n'éprouvait rien du tout : il admettait simplement le fait brut. Geraldine était une toxicomane dont la drogue particulière était la cocaïne.

— Oui, dit-elle, de nouveau heureuse. Je suis droguée. Vraiment esclave. C'est pourquoi il ne me faut pas beaucoup de ça, conclut-elle en indiquant le réfrigérateur.

Puis elle remonta sa manche et lui montra son avant-bras. Il vit les marques de l'aiguille.

— Pigé ? murmura-telle. Je suis vraiment allée en Arabie. Je dois bientôt faire un autre voyage. Mais cette fois, ce ne sera peut-être pas l'Arabie. Je serai peut-être d'humeur pour l'Italie. Une loge dans le Colisée, juste à côté de Néron, pour regarder les lions entrer dans l'arène. Voir les jeunes gens et les jeunes filles, nus, courir dans tous les sens pour tenter de s'échapper, tandis que les lions s'avancent en prenant leur temps. Il m'arrive aussi de visiter les hôpitaux : je sors les malades du lit et je les opère sans les anesthésier. Tu seras étonné des cris qu'ils peuvent pousser.

Il indiqua les capsules contenues dans la boîte blanche.

— N'est-ce pas coûteux ? Où trouves-tu l'argent pour en acheter ?

— J'en vends, dit-elle. — Puis elle expliqua : — J'amène de nouveaux clients. Je ne fais pas vraiment du trafic ; je me contente de refiler des échantillons et de prélever une commission quand les gens commencent vraiment à acheter. Il y a une réunion une fois par semaine, et les responsables me donnent une liste des endroits à faire.

— Où, par exemple ?

— Oh, n'importe où. Certains bistrots. Une maison en face d'un lycée. N'importe où. — Elle prit la boîte blanche et contempla les capsules avec adoration. — Et comment ! leur dit-elle. Et comment, que vous coûtez cher ! Deux cents dollars l'once.

Puis, très lentement, son regard se détacha des capsules et remonta vers les yeux de Darby, qu'elle sonda d'un air appréciateur.

— Minute, dit Darby. Je ne veux pas être mêlé à ça.

— Ai-je dit quelque chose ?

— Non. Et ne dis rien.

Au-dessus du vague sourire, les sourcils se haussèrent.

— Qu'est-ce qui t'arrive, tout d'un coup ?

— Une explication est-elle nécessaire ? Je ne veux pas être mêlé à ça, c'est tout.

— D'accord, d'accord, chantonna-t-elle à la manière d'une girl de music-hall mâchonnant un chewing-gum.

Elle remit la boîte blanche et la seringue dans le sac en papier et sortit de la pièce avec le sac. En revenant, elle s'assit sur ses genoux et lui mit les bras autour du cou. Elle pencha la tête en arrière pour observer son visage et elle ronronna :

— Monsieur Alvin Darby.

C'était comme si elle disait adieu à Mr Alvin Darby pour accueillir un prisonnier qu'on lui présentait enchaîné.

Un prisonnier cabochard qui s'arrogeait encore le droit de discuter.

Mais il ne faudrait pas longtemps pour remédier à cela.

— Viens, lui murmura-t-elle à l'oreille.

Cela revenait à être peu à peu dévoré. Mais c'était toujours une première fois, avec une femme inaccessible mais bien présente malgré tout, présente uniquement pour cette fois-là, de sorte qu'il valait mieux en profiter au maximum car l'occasion ne se représenterait pas. Et pourtant, plus tard, elle était de nouveau là, à chuchoter : « J'ai envie de toi. J'ai envie de toi. »

Depuis maintenant six jours, il vivait avec Geraldine.

Sur les instructions de Geraldine, il avait écrit à Vivian une lettre sans mentionner aucune adresse. Il se bornait à constater que la situation en était arrivée à un point où il avait besoin de temps et de solitude pour réfléchir, et qu'il se mettrait en contact avec elle dès qu'il aurait pris sa décision. C'était une lettre assez vague, et Geraldine déclara que c'était ainsi qu'elle devait être. Vague, sans aucun élément vraiment précis. Mais aussi percutante qu'un coup de massue sur le crâne.

Après avoir porté la lettre à la poste, il fit part à Geraldine de ses doutes quant au résultat. Selon toute probabilité, Vivian allait lui téléphoner au bureau.

Mais Vivian ne l'appela pas au bureau. Il n'y eut pas le moindre message de Vivian. Et le bureau lui-même n'était plus guère qu'un endroit où, huit heures par jour, il gagnait de l'argent afin de remplir le réfrigérateur de Kensington. Dès son arrivée au bureau, chaque matin, il devenait instantanément une machine qui fonctionnait avec la vitesse et la précision requises pour faire le travail, le terminer et le rendre avant de partir. Il n'avait plus de déjeuners avec Harry Clawson. Il n'avait plus aucun contact avec Harry. Au début, Harry s'était efforcé de rétablir le contact, mais il s'était heurté au silence et à un regard vide. Alors Harry, indigné, avait exigé que l'on joue cartes sur table, à quoi il s'était entendu calmement conseiller de se mêler de ses oignons. Cela avait fini par décourager Harry, qui s'était éloigné en disant :

« Bon, si c'est ainsi que tu le prends », et en était resté là.

Ainsi, chaque jour, au bureau, il y avait seulement les papiers, les calculs, le crayon qui cochait les tables de logarithmes et la machine qui trônait sur la table. Jusqu'à cinq heures.

Passé cinq heures, il devenait un animal aux yeux de braise, avide de retrouver Kensington et les cheveux blond platine.

En l'espace de six jours, il avait dépensé énormément de liquide. Pour commencer, il envoya par la poste de l'argent à Vivian. Il lui fallut ensuite se procurer des vêtements, car il se refusait à aller chercher les siens dans cette maison — sa maison. Il sortit donc acheter un costume, une douzaine de chemises et toute la lingerie nécessaire. Et deux paires de chaussures, un rasoir et une brosse à cheveux. Mais pas de pyjama. Geraldine rejeta catégoriquement l'idée d'un pyjama.

Il acheta à Geraldine un bracelet de jade qu'elle avait vu dans une vitrine. Elle déclara que c'était le seul bijou dont elle eût envie pour le moment. Il en fut quelque peu soulagé, car ce bracelet coûtait cent trente-cinq dollars, ce qui portait le total des dépenses pour ces six jours à la somme de trois cents dollars tout rond et lui laissait un solde créditeur de huit cents dollars tout rond.

C'était donc le sixième jour et il rentrait du bureau ; debout sur le palier, il cherchait dans sa poche la clef qu'elle lui avait donnée. Alors qu'il l'insérait dans le trou de la serrure, il s'entendit appeler par son nom. Il leva les yeux et vit Geraldine qui remontait la rue. Enveloppée dans sa fourrure de petit-gris, elle avançait rapidement sous les reverbères — lesquels, ornés de petites stalactites, dispensaient plus de lumière que d'habitude.

A mesure qu'elle approchait, il vit à son expression que quelque chose n'allait pas. On aurait dit que d'invisibles pinces lui tordaient le visage, le rendant dissymétrique. Ses yeux étaient un curieux mélange de frénésie et de fatigue, et les commissures de ses lèvres tombaient ; elle avait la bouche ouverte et respirait par brèves saccades.

Elle monta sur le pas de la porte, apparemment inconsciente de la présence de Darby. Elle tendit la main vers la clef, la tourna, ouvrit la porte et se rua à l'intérieur.

Dans le hall, il la retint par le bras.

— Qu'est-ce qui se passe ?

Elle tenta de se dégager.

— Explique-toi, dit-il. Tu es malade, ou quoi ?

Les lèvres serrées, elle pencha la tête de côté pour lorgner l'extrémité du hall, et elle lui décocha un méchant coup de pied dans le tibia.

Cela ne lui fit pas grand-chose. Il commençait à y être habitué. Durant ces six jours, elle n'avait cessé de distribuer des coups de pied et des coups de griffes, de lancer des assiettes et tous les objets qui lui tombaient sous la main.

Ce qui l'ennuyait, par contre, c'était l'étrange aspect de son visage. Il lui lâcha le bras, la saisit par les épaules et la secoua violemment, jusqu'à ce que sa tête dodeline mollement, comme la tête d'une poupée au ressort brisé.

— Nom de Dieu, dit-il. Réponds-moi !

Elle lui adressa un sourire grimaçant.

— Espèce d'idiot. — Puis elle sourit au plancher. — Tu ne vois pas que j'ai besoin d'une dose ?

Il ne l'avait jamais vue en manque. Mais il savait, naturellement, qu'elle s'injectait de la cocaïne durant la journée, quand il était à son travail. Depuis le jour où elle lui avait montré la seringue et les capsules, ils n'avaient pas parlé de la cocaïne. C'était juste un fait admis entre eux : elle prenait de la came et elle en distribuait des échantillons afin de se procurer l'argent nécessaire pour en acheter d'autre. Et c'était tout ; ils n'éprouvaient ni l'un ni l'autre le besoin d'approfondir la question.

Mais maintenant il voyait le visage de Geraldine quand elle était vraiment en manque, et il avait l'impression de regarder un masque en peau séchée, recouvert d'une peinture blanc jaunâtre.

Et il entendit le ricanement, qui semblait provenir des yeux et non des lèvres.

— Charlie, gloussa-t-elle. J'ai besoin de Charlie.

— Bon Dieu, murmura-t-il.

Il se recula et la regarda traverser le hall obscur, tel un monstrueux écureuil dressé sur ses pattes de derrière. Car il ne voyait pas ses mains, pas plus que ses chevilles. Il ne voyait même pas les cheveux blond platine. Il n'y avait pas assez de lumière ; tout ce qu'il voyait, c'était une forme grise qui s'éloignait dans l'obscurité.

Jusqu'au moment où il vit de la lumière dans la chambre.

Puis elle l'appela en gloussant :

— Viens donc. Viens, Alvin chéri, je te permets de regarder.

Il se tourna vers la porte d'entrée, le regard fixe. Elle était encore ouverte. Il se dirigea vers elle, sans autre intention que de la fermer pour empêcher le vent glacial de pénétrer. Mais en posant la main sur la poignée, il comprit la signification de cette porte. Elle était encore ouverte. Rien ne l'empêchait de partir.

Il entendit la voix de Geraldine :

— Qu'est-ce que tu attends ? Viens donc, tu verras un joli spectacle.

Il ferma la porte, tourna les talons et alla dans la chambre. Il vit Geraldine accroupie au bord du lit, les bras nus, le corsage de sa robe roulé jusqu'à la taille. Elle tenait la seringue dans une main et pinçait entre deux doigts de l'autre main la peau de son bras, celui qui présentait les piqûres d'aiguille. Elle fit passer la seringue d'une main à l'autre, redressa le buste et se mit à respirer à la façon d'un boxeur entre deux rounds. Puis elle regarda l'aiguille d'un air extasié, la planta dans la veine et pressa le piston, qui fit lentement baisser le niveau de la cocaïne dans le tube de verre.

Puis le tube fut vide et la seringue glissa des doigts de Geraldine. Allongée à plat dos sur le lit, elle respirait encore avec difficulté, la bouche grande ouverte. Ses yeux, fixés sur Darby, virent un homme de taille moyenne, aux yeux noisette et aux cheveux blond paille, vêtu d'un raglan qui n'était plus maintenant qu'un haillon ceignant la taille d'une créature sans autre vêtement, enchaînée à une colonne de pierre, et elle donnait l'ordre à ses serviteurs d'ouvrir la cage où étaient enfermées les deux hyènes affamées. Puis ses yeux devinrent les deux hyènes, qui sortaient de la cage et couraient avec souplesse vers le festin.

Darby sortit de la chambre à reculons et ferma la porte. Il alla dans la cuisine et mit le café à chauffer. Il porta une cigarette à ses lèvres, frotta une allumette, puis il s'approcha de la fenêtre et regarda dehors. On n'y voyait pas grand-chose ; le carreau était couvert de givre. Il voyait malgré tout les lumières des maisons, de l'autre côté de la ruelle, et les silhouettes tremblotantes de femmes qui allaient et venaient dans leurs cuisines. Dans la réalité, ces gens, en face, étaient à une distance d'environ soixante-dix ou quatre-vingts mètres. Mais c'était comme s'il les voyait dans un télescope, sur une autre planète ; il pouvait les voir, mais pas les atteindre.

Plus jamais.

Et, soudain, il se sentit très las. Il s'assit devant la table, posa sa tête sur ses bras repliés et glissa dans un long tunnel de sommeil.

Bien des heures plus tard, il fut réveillé par une main qui lui secouait l'épaule.

Il redressa la tête, leva les yeux, vit Geraldine et l'entendit chuchoter :

— Viens.

— Où ?

— Au lit.

Elle était vêtue de son petit-gris. Il était déboutonné. Elle n'avait rien dessous.

Il suivit Geraldine dans la chambre. Elle retira son petit-gris et resta debout là, nue, dos au cadran orange de l'appareil électrique. Elle laissa les fils incandescents lui chauffer la colonne vertébrale, en se dandinant un tout petit peu. L'appareil était posé sur une table basse, près du lit ; au bout d'un moment, elle s'assit au bord du lit et entreprit de se chauffer les jambes.

Appuyé contre la porte, Darby regardait le corps nu de Geraldine se dandiner d'un côté, de l'autre, se pénétrer de la lueur orange du radiateur électrique.

Il vit des taches orange vif danser au fond de ses yeux vert pâle, et ses seins se dresser pour bénéficier de la douce chaleur orange.

Elle le regardait en souriant et murmurait :

— Ne te déshabille pas encore. Je te dirai quand te déshabiller. Pour le moment, je veux te parler.

Elle tendit le bras en travers du lit, ses doigts

jouant négligemment avec la petite boîte blanche. Elle plaça la boîte sur ses genoux et l'ouvrit. Il vit qu'elle ne contenait qu'une seule capsule.

Souriant à la capsule, elle dit :

— Ça devient monotone de travailler pour les autres. Surtout quand on se contente de distribuer des échantillons. J'ai recruté je ne sais combien de clients, et j'attends toujours que ça me rapporte.

Sa voix montait et descendait, comme si elle chantait une chanson qui n'avait pas d'air particulier. De temps à autre, ses épaules tressautaient, comme si elle essayait de chasser une mouche.

Ses épaules tressautèrent et sa tête donna une petite secousse pour darder les yeux vers l'homme qui était un peu trop calme. S'ils avaient été en Arabie, dans une cave en pierre, et si elle avait eu à la main un tisonnier chauffé à blanc, peut-être qu'il n'aurait pas été si calme. Oh ! non, il n'aurait pas été si calme, dans ces conditions.

Elle contempla le plancher en souriant.

— Je veux du bon argent. — Elle manœuvra un levier qui fit disparaître son sourire lorsqu'elle regarda Darby. — Je vais me lancer dans les affaires pour mon compte.

Il pointa l'index vers la boîte blanche.

— En vendant ça ?

Elle eut une moue agacée.

— Non. En vendant des avions. — Elle haussa les sourcils. — Dis donc, elle n'est pas mauvaise, celle-là ! Je serai dans le commerce des avions. Je ferai décoller mes clients.

— Tu finiras par...

— La ferme, le coupa-t-elle. Tu ne vas pas apprendre au boss comment faire marcher les affaires. Toi, tu n'auras qu'à travailler pour le boss. — Le bras raidi, elle pointa l'index vers lui. — A partir de demain, je te mets au travail.

Ces mots l'atteignirent trop vite ; il ne sut que dire.

Geraldine croisa les jambes et leva les mains pour examiner le vernis orange de ses ongles.

— Combien as-tu à la banque ? demanda-t-elle.

— Écoute...

— Combien ? dit-elle avec douceur. Combien, Alvin ?

— Huit cents dollars.

— Bien.

— Hé là ! Attends...

— Demain, tu retires tout. Jusqu'au dernier cent. Tu m'entends ? — Elle se leva du lit et s'approcha de lui. Elle lui saisit fermement le poignet et lui tapota la main. — Nous gagnerons un tas d'argent, Alvin.

D'une secousse, il dégagea sa main.

— Pas moi. Ne compte pas sur moi.

Comme s'il n'avait pas parlé, elle reprit :

— Je connais le trafic. Sous tous les angles. Et j'ai les bons contacts. Je sais quand arrivent les bateaux et qui voir sur les bateaux. Et je peux avoir la came pour... disons, environ cent dix dollars l'once.

Il posa son regard derrière elle.

— Je ne sais pas de quoi tu parles. Je travaille dans les assurances.

— Plus maintenant. — Elle lui tenait de nouveau le poignet et lui tapotait la main. — Examine un peu la situation. Avec huit cents dollars pour démarrer, nous pouvons acheter près de huit onces. Et nous revendons au prix du marché, deux cents dollars. Au strict minimum, nous vendrons dix ou douze onces par semaine.

Il secoua la tête.

— Arrête ça, dit Geraldine.

Il continua de secouer la tête.

— Je t'ai dit d'arrêter. — Elle leva le bras et frappa Darby au visage avec le dos de la main. — Je n'aime pas quand tu fais ça. — Elle le frappa encore. — Ne fais jamais ça. — Elle lui saisit les cheveux pour lui maintenir la tête pendant qu'elle le giflait au visage. — Demain... — Une gifle — ... tu m'apportes... — Une gifle — ... les huit... — Une gifle — ... cents... — Une gifle — ... dollars.

Il encaissa sans broncher. Toute sa volonté, son énergie l'avaient quitté et il n'était plus qu'un homme vidé de substance, qui encaissait sans broncher.

— Pauvre lourdaud, glapit-elle. Stupide entêté, avise-toi encore de me dire non et je t'étripe. — Elle se détourna pour prendre la boîte blanche sur le lit. Elle sortit la capsule de la boîte, revint vers Darby et tint la capsule devant ses yeux. — Tu vois ceci ? Ceci, c'est Charlie.

Il contempla la capsule. Son ardent désir était une graine qui, soudainement, fleurit.

— Tu en as envie, n'est-ce pas ? dit Geraldine.

Il continua de fixer Charlie.

— Oui, bien sûr, dit Geraldine. Tu en as vraiment besoin.

Elle rejeta la tête en arrière et il l'entendit glousser, mais cela ne le contraria pas le moins du monde.

— Ça alors ! reprit-elle en riant. Ça alors, qui l'aurait cru ? — Elle s'adressa à la capsule : — Il a envie de toi, Charlie. Pour de vrai. Voilà qui arrange tout. Il est des nôtres, à présent. — Elle regarda Darby. — N'est-ce pas ?

Il acquiesça.

— Splendide, dit-elle. — Puis, s'adressant à la capsule : — Mais on le savait, n'est-ce pas ? On le savait depuis le début. Il devait fatalement y venir. — Elle donna à Darby une petite tape sur l'épaule. — Brave garçon. — Elle grimaça un sourire. — Tu feras un vendeur du tonnerre. Quand on est soi-même un adepte, le boniment vient plus facilement.

Elle tendit la main vers le lit, prit la seringue hypodermique et laissa la capsule caresser le tube de verre.

Elle murmura :

— Autant te prévenir que ça va faire un mal de chien. C'est beaucoup plus facile de l'aspirer par le nez ou de l'avaler comme une pilule. Surtout quand on en prend pour la première fois. Mais là, à toi de décider. Qu'est-ce que tu choisis ?

— L'aiguille, dit-il.

Elle fronça les sourcils.

— Tu veux que ça fasse mal, c'est ça ?

Il ne répondit pas.

Alors, avec un haussement d'épaules, elle tourna la tête et fouilla la chambre du regard, à la recherche de quelque chose.

— Apparemment, il n'y en a pas ici, dit-elle à mi-voix. — Puis, plus fort : — Mais il y en a dans la salle de bains. Tu en trouveras dans l'armoire à pharmacie. De la ouate.

Il alla dans la salle de bains, ouvrit l'armoire à pharmacie et tendit la main vers le sachet de papier bleu contenant le coton hydrophile. Mais avant qu'il ait pu le toucher, ses yeux se posèrent sur l'étagère du dessus.

Ils se fixèrent sur une petite bouteille brune portant l'étiquette : « Teinture d'iode ».

Avec, en caractères gras, la mention : « Poison ».

Peut-être était-ce là un meilleur ami que Charlie.

Il avança la main vers la petite bouteille brune.

CHAPITRE XIX

A cet instant, il entendit la voix grinçante de Geraldine, en provenance de la chambre :

— Qu'est-ce que tu fiches, là-bas ?

Il ne répondit pas. Ses doigts se refermèrent sur la petite bouteille brune.

Par la porte ouverte de la salle de bains, il entendit soudain ses pas approcher. Qu'importe, cela ne prendrait qu'une seconde. Il aurait terminé avant qu'elle ait pu l'arrêter.

La bouteille à la main, il tirait sur le bouchon de caoutchouc. Mais, soudain, quelque chose d'autre attira son attention. Il remit la petite bouteille brune dans l'armoire à pharmacie et contempla la bouteille, plus grande, posée sur l'étagère du bas. Une bouteille portant l'étiquette : « Eau oxygénée ».

Eau oxygénée. Le produit qu'utilisaient les jeunes filles pour se décolorer les cheveux, pour les faire passer du brun au blond, puis au blond platiné. Du brun au blond platiné...

Lentement, il ferma la porte de l'armoire à pharmacie et ses yeux vrillèrent le miroir. Et les yeux, dans le miroir, devinrent les yeux de Marjorie ; sous la chevelure argentée, ils brillaient d'excitation et de défi. Ses lèvres ne remuaient pas mais il entendait sa voix, qui provenait d'une grande distance et allait en s'amplifiant : « Oui, je les ai décolorés. Pourquoi pas ? J'ai presque seize ans, je suppose que je peux me décolorer les cheveux si j'en ai envie. »

Il se tourna lentement et il la vit là, devant lui, il vit les yeux vert pâle et les cheveux blond platine qui brillaient. Elle était là, devant lui, radieuse et merveilleuse.

La plus douce, la plus gentille. Et il était son meilleur petit ami.

Il eut un tendre sourire.

— Tu es si jolie, dit-il. Tu es la fille la plus jolie que je connaisse.

Geraldine plissa le front d'un air perplexe.

— Qu'est-ce qui se passe, ici ?

— Je le pense vraiment, dit-il. Tu ressembles à une princesse.

Geraldine mit une main sur sa hanche et pencha la tête de côté.

— A quoi joue-t-on ? Qu'est-ce que tu racontes ?

— Je t'aime tant. Tant et tant. Plus que tout au monde.

— Ma foi... merci, petit. — Le froncement de sourcils le disputait à un sourire tandis qu'elle essayait de comprendre ce qui se passait. — Tu dis ça comme si tu étais sérieux.

Il hocha la tête d'un air solennel.

— Je ferais n'importe quoi pour toi.

Il leva les yeux. Et, là-haut, ce n'était plus le plafond de la salle de bains ; c'était le ciel sombre et lustré, au-dessus de Fairmount Park, et il voyait la lune.

— Qu'est-ce que tu regardes ? demanda Geraldine.

— La lune.

— Ma parole, murmura-t-elle, c'est délirant. Ça m'excite drôlement.

Il s'approcha d'elle. Très doucement, il l'entoura de ses bras et déposa un baiser sur son front.

Et il dit :

— Je suis si heureux quand je suis près de toi. Quand je suis près de toi, rien d'autre n'a d'importance.

Cette tendresse plut à Geraldine et l'intrigua ; elle ferma les yeux, se disant que c'était quelque chose de nouveau. Elle avait beaucoup entendu parler de cette chose appelée tendresse mais, de toute sa vie, pas une fois elle n'en avait fait l'expérience. Maintenant que cela lui arrivait, elle trouvait que c'était bon.

Elle le prit par la main et l'emmena dans le hall, en direction de la chambre.

Mais ce n'était pas le hall et ils ne se dirigeaient pas vers une chambre. Ils marchaient dans l'herbe, vers les buissons.

Une fois dans la chambre, Geraldine éteignit la lampe. Ce soir, la vive lumière et le miroir ne la tentaient pas. Elle n'avait même pas envie d'employer le genre de langage dont elle usait habituellement lorsqu'ils étaient au lit ensemble.

Il s'assit à côté d'elle au bord du lit.

C'était bien sombre et silencieux, ici, dans les buissons, avec la douce lueur bleue du clair de lune qui filtrait à travers le feuillage. Et le parfum des violettes. Et cette espèce de bonheur, qui ne pouvait se mesurer tellement il était grand. Simplement parce qu'il était là avec elle, tous les deux seuls.

— Ne partons jamais d'ici, dit-il dans un murmure.

Geraldine eut envie de lui dire qu'elle en avait par-dessus la tête de Kensington et que, dès qu'ils auraient amassé suffisamment de galette, ils s'installeraient dans un bel appartement du centre ville. Mais, pour une raison ou pour une autre, elle ne put le dire. Cela ne semblait pas très bien s'accorder avec ce qui se passait.

— Tu en pinces vraiment pour moi, hein ? dit-elle.

— Je pense à toi tout le temps, murmura-t-il. Tout au long de la journée, je te vois. Je ne peux pas attendre la sortie de l'école.

— La sortie de l'école... — Elle répéta la phrase, comme si elle faisait une expérience avec. — Elle est bonne, celle-là. Vraiment très bonne ; je la retiens.

Il leva la main.

— Promets-moi une chose.

— Bien sûr. Quoi donc ?

— Promets-moi de ne jamais partir.

Elle eut envie de rire. C'était vraiment drôle. Naturellement, qu'elle ne partirait jamais. Où diable pourrait-elle aller ?

Mais d'un autre côté, ce n'était pas drôle du tout, car il y avait un élément qu'elle ne pouvait ignorer dans ces circonstances particulières. En effet, elle était incapable de rester avec un homme bien longtemps une fois qu'elle l'avait réduit à merci et qu'elle le tenait dans le creux de sa main, pieds et poings liés. Tôt ou tard, elle se lasserait de celui-là. Et s'il s'attachait trop à elle, peut-être qu'elle aurait du mal à s'en débarrasser. Encore plus de mal, peut-être, que deux ans plus tôt, quand cette grande brute dont elle avait oublié le nom l'avait tabassée si fort qu'on avait dû l'emmener à l'hôpital.

Bah ! il n'y avait pas encore de quoi s'inquiéter pour ça. Il serait toujours temps de s'en inquiéter le moment venu.

Elle appuya la tête contre son épaule.

— Je ne partirai jamais, dit-elle. Je t'en donne ma parole d'honneur.

Alors il se tourna vers elle et l'entoura de ses bras.

Il embrassa ses lèvres et goûta le nectar de sa bouche adorée. Il avait les yeux fermés, et il sentit un chaud frisson le parcourir lorsque Marjorie le serra contre elle. La chaleur s'intensifia et devint une brûlure, qui l'effraya un peu parce qu'elle se faisait de plus en plus vive ; et, tout d'un coup, ce fut une flamme impossible à contrôler. Marjorie, haletante, retirait ses souliers et faisait quelque chose sous sa jupe avec ses mains, comme pour ajuster ou desserrer quelque chose. Rien qu'à la regarder faire, il sentait la flamme s'aviver en lui, le brûler si fort qu'il avait l'impression de se consumer entièrement. Et soudain, ici, dans les buissons, avec la lune et les violettes, il fut saisi d'un affolant désir et d'une peur atroce. Il se demanda ce que Marjorie attendait de lui. Il voulut dire quelque chose mais les mots s'emmêlèrent dans sa gorge ; il lui semblait que Marjorie s'approchait de plus en plus, alors qu'elle était allongée sur le dos et ne bougeait pas du tout. Elle gémissait et soupirait, et, tout à coup, il se demanda ce qu'il lui faisait car elle laissa échapper un cri étouffé et chuchota : « Non, non, non ».

Mais il ne pouvait rien faire pour arrêter la flamme. Elle brûlait, brûlait ; puis elle explosa et Marjorie poussa encore un cri, plus fort.

Il y eut un moment où le temps parut suspendu, et il se demanda ce qu'il avait fait.

Puis le temps devint une hache, qui s'acharna contre lui à mesure qu'il se rendait compte de ce qu'il avait fait.

Sur une voie à circulation rapide, il effectua le trajet de retour jusqu'au temps présent. Maintenant, il comprenait la cause de tous ses problèmes. De son cauchemar de culpabilité. De ses tourments cachés. Et il se dit qu'il avait passé suffisamment de temps dans la prison de son cerveau. Ainsi, le complexe de culpabilité de sa jeunesse apparut en pleine lumière, bien en évidence sous ses yeux, et il en eut une vision claire et totale avant qu'il disparaisse, exorcisé pour toujours.

Une demi-heure plus tard, Geraldine, assise au bord du lit, regardait Darby boutonner le col de sa chemise. Lorsqu'il tendit la main vers sa cravate, Geraldine s'appuya sur ses coudes et fronça les sourcils d'un air perplexe.

— Où crois-tu aller comme ça ? demanda-t-elle.

— Je te l'ai déjà dit, murmura-t-il, son attention fixée sur la cravate. Je débarrasse le plancher.

Il termina son nœud de cravate et prit sa veste.

— Pose ça, dit Geraldine.

Il se contenta de sourire.

Elle se leva du lit et fit un pas vers lui.

— Pose-la, ordonna-t-elle. Fais ce que je te dis.

— Ne fais pas l'idiote, dit-il avec douceur.

Elle observa ses yeux. Pendant un moment, ses lèvres demeurèrent serrées. Puis, soudain détendue, elle soupira d'un air résigné et considéra avec un sourire forcé cet homme qui n'était plus pour elle qu'une simple connaissance.

— Que s'est-il passé ? demanda-t-elle. Qu'est-ce qui a rompu le charme ?

Il ne répondit pas. Il était occupé à enfiler les manches de son raglan.

— Je serais vraiment curieuse de le savoir, reprit Geraldine. Tu étais si tendre, il y a encore quelques minutes. Si doux, si affectueux. — Elle le regardait toujours avec un sourire un peu forcé. — A quoi ça rimait, ces grandes déclarations ?

Il boutonnait son raglan sans se presser.

— Ce n'était pas à toi que je disais tout cela. Je parlais à quelqu'un d'autre.

Elle eut un haussement d'épaules.

— En tout cas, dit-elle, c'était gentil. — Elle enfila un peignoir avant d'ajouter : — Viens, je te raccompagne jusqu'à la porte.

Ils sortirent de la chambre, traversèrent le hall et s'arrêtèrent devant la porte d'entrée. Il regarda par le panneau vitré et vit la Plymouth garée de l'autre côté de la rue.

Alors qu'il ouvrait la porte, il entendit la voix de Geraldine :

— Où vas-tu aller maintenant ?

— A la maison, dit-il. Je vais retrouver ma femme.

— Qui te dit qu'elle sera là ?

— Elle sera là.

Il ouvrit plus grand la porte. Geraldine recula pour se mettre à l'abri de l'air froid. Avec un sourire, elle lui dit :

— Eh bien... Au revoir.

— Adieu, Geraldine.

Il sortit, ferma la porte et s'engagea sur la chaussée. Mais quelque chose le poussa à se retourner pour regarder en arrière. A travers le panneau vitré de la porte, il vit l'entrée sombre, de l'autre côté, et quelque chose qui brillait dans l'obcurité. C'étaient les cheveux blond platine qui s'éloignaient. Qui s'éloignaient de plus en plus, pour se fondre progressivement dans les ombres.

Rivages / noir

Les Bêtes du Walhalla (n° 252)
L'Odeur froide de la pierre sacrée (n° 291)
Le Second cavalier de l'Apocalypse (n° 336)

Andrew Coburn
Toutes peines confondues (n° 129)

Michael Collins
L'Égorgeur (n° 148)
Rosa la Rouge (n° 267)

Robin Cook
Cauchemar dans la rue (n° 64)
J'étais Dora Suarez (n° 116)
Vices privés, vertus publiques (n° 166)
La Rue obscène (n° 200)
Quand se lève le brouillard rouge (n° 231)
Le Mort à vif (n° 241)
Bombe surprise (n° 260)

Peter Corris
La Plage vide (n° 46)
Des morts dans l'âme (n° 57)
Chair blanche (n° 65)
Le Garçon merveilleux (n° 80)
Héroïne Annie (n° 102)
Escorte pour une mort douce (n° 111)
Le Fils perdu (n° 128)
Le Camp des vainqueurs (n° 176)

Hélène Couturier
Fils de femme (n° 233)

James Crumley
Putes (n° 92)

Mildred Davis
Dark Place (n° 10)

Jean-Paul Demure
Milac (n° 240)
Fin de chasse (n° 289)

Jean-Claude Derey
Black Cendrillon (n° 323)

Pascal Dessaint
La vie n'est pas une punition (n° 224)
Bouche d'ombre (n° 255)
À trop courber l'échine (n° 280)
Du bruit sous le silence (n° 312)
Thomas Disch/John Sladek
Black Alice (n° 154)
Wessel Ebersohn
La Nuit divisée (n° 153)
Coin perdu pour mourir (n° 193)
Le Cercle fermé (n° 249)
Stanley Ellin
La Corrida des pendus (n° 14)
James Ellroy
Lune sanglante (n° 27)
À cause de la nuit (n° 31)
La Colline aux suicidés (n° 40)
Brown's Requiem (n° 54)
Clandestin (n° 97)
Le Dahlia noir (n° 100)
Un tueur sur la route (n° 109)
Le Grand Nulle Part (n° 112)
L.A. Confidential (n° 120)
White Jazz (n° 141)
Dick Contino's Blues (n° 212)
American Tabloid (n° 282)
Ma part d'ombre (n° 319)
Howard Fast
Sylvia (n° 85)
L'Ange déchu (n° 106)
Kinky Friedman
Meurtre à Greenwich Village (n° 62)
Quand le chat n'est pas là (n° 108)
Meurtres au Lone Star Café (n° 151)
Le Vieux Coup de la sauterelle (n° 197)
Elvis, Jésus et Coca-Cola (n° 264)
Samuel Fuller
L'Inexorable Enquête (n° 190)
La Grande Mêlée (n° 230)

Barry Gifford
Port Tropique (n° 68)
Sailor et Lula (n° 107)
Perdita Durango (n° 140)
Jour de chance pour Sailor (n° 210)
Rude journée pour l'Homme Léopard (n° 253)

David Goodis
La Blonde au coin de la rue (n° 9)
Beauté bleue (n° 37)
Rue Barbare (n° 66)
Retour à la vie (n° 67)
Obsession (n° 75)

James Grady
Le Fleuve des ténèbres (n° 180)
Tonnerre (n° 254)

Russell H. Greenan
Sombres crapules (n° 138)
La Vie secrète d'Algernon Pendleton (n° 156)
C'est arrivé à Boston ? (n° 205)
La Nuit du jugement dernier (n° 237)
Un cœur en or massif (n° 262)

Joseph Hansen
Par qui la mort arrive (n° 4)
Le petit chien riait (n° 44)
Un pied dans la tombe (n° 49)
Obédience (n° 70)
Le Noyé d'Arena Blanca (n° 76)
Pente douce (n° 79)
Le Garçon enterré ce matin (n° 104)
Un pays de vieux (n° 155)
Le Livre de Bohannon (n° 214)

John Harvey
Cœurs solitaires (n° 144)
Les Étrangers dans la maison (n° 201)
Scalpel (n° 228)
Off Minor (n° 261)
Les Années perdues (n° 299)
Lumière froide (n° 337)

Vicki Hendricks
Miami Purity (n° 304)

George V. Higgins
Les Copains d'Eddie Coyle (n° 114)
Le Contrat Mandeville (n° 191)
Le Rat en flammes (n° 243)
Paris risqués (n° 287)

Tony Hillerman
Là où dansent les morts (n° 6)
Le Vent sombre (n° 16)
La Voie du fantôme (n° 35)
Femme-qui-écoute (n° 61)
Porteurs-de-peau (n° 96)
La Voie de l'Ennemi (n° 98)
Le Voleur de temps (n° 110)
La Mouche sur le mur (n° 113)
Dieu-qui-parle (n° 122)
Coyote attend (n° 134)
Le Grand Vol de la banque de Taos (n° 145)
Les Clowns sacrés (n° 244)
Moon (n° 292)

Chester Himes
Qu'on lui jette la première pierre (n° 88)

Dolores Hitchens
La Victime expiatoire (n° 89)

Geoffrey Homes
Pendez-moi haut et court (n° 93)
La Rue de la femme qui pleure (n° 94)

Dorothy B. Hughes
Et tournent les chevaux de bois (n° 189)
Chute libre (n° 211)

William Irish
Manhattan Love Song (n° 15)
Valse dans les ténèbres (n° 50)

Bill James
Retour après la nuit (n° 310)

William Kotzwinkle
Midnight Examiner (n° 118)
Le Jeu des Trente (n° 301)
Book of Love (n° 332)

Jonathan Latimer
Gardénia rouge (n° 3)
Noir comme un souvenir (n° 20)

Michel Lebrun
Autoroute (n° 165)
Le Géant (n° 245)

Christian Lehmann
Un monde sans crime (n° 316)

Elmore Leonard
Zig Zag Movie (n° 220)
Maximum Bob (n° 234)
Punch Créole (n° 294)

Bob Leuci
Captain Butterfly (n° 149)
Odessa Beach (n° 290)

Ted Lewis
Le Retour de Jack (n° 119)
Sévices (n° 152)
Jack Carter et la loi (n° 232)
Plender (n° 258)

Richard Lortz
Les Enfants de Dracula (n° 146)
Deuil après deuil (n° 182)
L'Amour mort ou vif (n° 206)

John D. Mac Donald
Réponse mortelle (n° 21)
Un temps pour mourir (n° 29)
Un cadavre dans ses rêves (n° 45)
Le Combat pour l'île (n° 51)
L'Héritage de la haine (n° 74)

Jean-Patrick Manchette
La Princesse du sang (n° 324)

Dominique Manotti
À nos chevaux ! (n° 330)

John P. Marquand
Merci Mr Moto (n° 7)
Bien joué, Mr Moto (n° 8)
Mr Moto est désolé (n° 18)
Rira bien, Mr Moto (n° 87)

Richard Matheson
Échos (n° 217)

Helen McCloy
La Somnambule (n° 105)

William McIlvanney
Les Papiers de Tony Veitch (n° 23)
Laidlaw (n° 24)
Big Man (n° 90)
Étranges Loyautés (n° 139)

Marc Menonville
Jeux de paumes (n° 222)
Walkyrie vendredi (n° 250)
Dies Irae en rouge (n° 279)

Ronald Munson
Courrier de fan (n° 226)

Tobie Nathan
Saraka bô (n° 186)
Dieu-Dope (n° 271)

Jim Nisbet
Les damnés ne meurent jamais (n° 84)
Injection mortelle (n° 103)
Le Démon dans ma tête (n° 137)
Le Chien d'Ulysse (n° 161)
Sous le signe du rasoir (n° 273)

Kyotaro Nishimura
Petits crimes japonais (n° 218)

Jack O'Connell
B.P. 9 (n° 209)

Liam O'Flaherty
L'Assassin (n° 247)

Jean-Hugues Oppel
Brocéliande-sur-Marne (n° 183)
Ambernave (n° 204)

Six-Pack (n° 246)
Ténèbre (n° 285)
Abigail Padgett
L'Enfant du silence (n° 207)
Le Visage de paille (n° 265)
Oiseau de Lune (n° 334)
Hugues Pagan
Les Eaux mortes (n° 17)
La Mort dans une voiture solitaire (n° 133)
L'Étage des morts (n° 179)
Boulevard des allongés (n° 216)
Last Affair (n° 270)
L'Eau du bocal (n° 295)
Vaines Recherches (n° 338)
Andrea G. Pinketts
Le Sens de la formule (n° 288)
Bill Pronzini
Hidden Valley (n° 48)
Bill Pronzini/Barry N. Malzberg
La nuit hurle (n° 78)
Michel Quint
Billard à l'étage (n° 162)
La Belle Ombre (n° 215)
Le Bélier noir (n° 263)
Diana Ramsay
Approche des ténèbres (n° 25)
Est-ce un meurtre ? (n° 38)
Louis Sanders
Février (n° 315)
Budd Schulberg
Sur les quais (n° 335)
Philippe Setbon
Fou-de-coudre (n° 187)
Desolata (n° 219)
Roger Simon
Le Clown blanc (n° 71)
Génération Armageddon (n° 199)
La Côte perdue (n° 305)

Pierre Siniac
Les mal lunés (n° 208)
Sous l'aile noire des rapaces (n° 223)
Démago Story (n° 242)
Le Tourbillon (n° 256)
Femmes blafardes (n° 274)
L'Orchestre d'acier (n° 303)
Luj Inferman' et La Cloducque (n° 325)

Les Standiford
Pandémonium (n° 136)
Johnny Deal (n° 259)
Johnny Deal dans la tourmente (n° 328)

Richard Stark
La Demoiselle (n° 41)
La Dame (n° 170)

Richard Stratton
L'Idole des camés (n° 257)

Vidar Svensson
Retour à L.A. (n° 181)

Paco Ignacio Taibo II
Ombre de l'ombre (n° 124)
La Vie même (n° 142)
Cosa fácil (n° 173)
Quelques nuages (n° 198)
À quatre mains (n° 227)
Pas de fin heureuse (n° 268)
Même ville sous la pluie (n° 297)
La Bicyclette de Léonard (n° 298)

Ross Thomas
Les Faisans des îles (n° 125)
La Quatrième Durango (n° 171)
Crépuscule chez Mac (n° 276)
Traîtrise ! (n° 317)
Voodoo Ltd (n° 318)

Jim Thompson
Liberté sous condition (n° 1)
Un nid de crotales (n° 12)
Sang mêlé (n° 22)

Rivages / Mystère

Charlotte Armstrong
Le Jour des Parques (n° 13)
L'Inconnu aux yeux noirs (n° 15)
Une dose de poison (n° 21)
Francis Beeding
La Maison du Dr Edwardes (n° 9)
La mort qui rôde (n° 12)
Un dîner d'anniversaire (n° 18)
Algernon Blackwood
John Silence (n° 8)
Fortuné du Boisgobey
Le Coup d'œil de M. Piédouche (n° 32)
Jypé Carraud
Tim-Tim Bois-Sec (n° 22)
Le Squelette cuit (n° 25)
Les Poulets du Cristobal (n° 31)
Collectif
La Griffe du chat (n° 28)
F. W. Crofts
Le Tonneau (n° 24)
Amanda Cross
En dernière analyse (n° 23)
Insidieusement vôtre (n° 26)
Justice poétique (n° 27)
Une mort si douce (n° 30)
Mildred Davis
Crime et chuchotements (n° 14)
Passé décomposé (n° 16)
Un homme est mort (n° 20)
Michael Dibdin
L'Ultime Défi de Sherlock Holmes (n° 17)
John Dickson Carr
En dépit du tonnerre (n° 5)
Jacques Futrelle
Treize enquêtes de la machine à penser (n° 29)

Edward D. Hoch
Les Chambres closes du Dr Hawthorne (n° 34)

William Kotzwinkle
Fata Morgana (n° 2)

Alexis Lecaye
Einstein et Sherlock Holmes (n° 19)

John P. Marquand
À votre tour, Mister Moto (n° 4)

Kai Meyer
La Conjuration des visionnaires (n° 33)

Anthony Shaffer
Absolution (n° 10)

J. Storer-Clouston
La Mémorable et Tragique Aventure de Mr Irwin Molyneux (n° 11)

Rex Stout
Le Secret de la bande élastique (n° 1)
La Cassette rouge (n° 3)
Meurtre au vestiaire (n° 6)

Josephine Tey
Le plus beau des anges (n° 7)

Achevé d'imprimer sur rotative
par l'imprimerie Darantiere à Dijon-Quetigny
en septembre 1999

Dépôt légal : février 1993
N° d'impression : 99-0987

7e édition